徳 間 文 庫

公儀鬼役御膳帳

ゆ ず り 葉

徳 間 書 店

目次

木藤隼之助　二十二歳。木藤家の庶子。父に命ぜられ、橘町の裏店に住んでいたが、跡を継ぎ、御膳奉行を勤める膳之五家の物頭〈鬼役〉に。食に関する豊富な知識と舌を活かして、食事師として働くこともある。

殿岡雪也　二十二歳。隼之助の幼馴染み。実家は、百俵を賜る台所方だが、三男坊ゆえ、深川に住む三味線の師匠のもとで、男妾をしている。

溝口将右衛門　二十四歳。隼之助たちとは、小野派一刀流の道場で知り合う。先祖代々の浪人暮らし。妻と二人の子供がいる。

木藤多聞　隼之助の父。

木藤花江　隼之助の義母。

木藤弥一郎　隼之助の異母兄。正妻の息子のため、隼之助より一日遅れで生まれたが長男。直情的で隼之助と花江につらくあたっていたが、〈鬼役〉を隼之助が継いだことに衝撃を受け、出奔。

宮地才蔵　多聞の手下の御庭番。隼之助の身辺で働いている。

木藤慶次郎　十八歳。弥一郎の弟で、隼之助の異母弟。

水嶋波留　十七歳。膳之五家のひとつ、水嶋家の女。隼之助と相愛だが、家同士が対立しているため、今は人目を忍ぶ仲となっている。

香坂伊三郎　二十一歳。元薩摩の郷士。大御所家斉が寵愛する野太刀自顕流の遣い手。

第一章　風のあと

一

藤の花の芳香が漂っている。

夕刻に降った雨のためか、ひときわ強く薫っていた。月は欠け始めているはずだが、曇天とあって夜空には星さえ瞬いていない。鼻をつままれてもわからないような闇の中、木藤隼之助は、山谷堀沿いの道を大川に向かっていた。

居酒屋や飯屋といった見世は、とうに暖簾を仕舞っている。右手には闇に染まった浅草鳥越町、左手には山谷堀という、襲撃するにも迎え撃つにも格好の場所といえた。

「なにか御用でございますか」

隼之助は立ち止まって、問いかけた。あるときは町人姿、そして、またあるときは侍姿と、場合によって使い分けているのだが、今は町人姿だった。吉原を素見しながら人を探していたのだが、尾行けられていたのはわかっている。即かず離れずの距離を置きつつ、数人が背後に付いていた。

問いかけに応えはない。

不気味な沈黙だけが返ってきた。

隼之助はゆっくり振り向いた。

「てまえは、日本橋橘町の裏店に住む商人、いえ、商人を名乗るのは、いささか驕りがすぎるかもしれません。人から頼まれました折に、憚りながら見世を立て直すお手伝いをさせていただいております。人違いなのでは……」

二度目の言葉は最後まで続けられない。闇がふくれあがるように動いた。ひとつめの黒い影が、山犬のように襲いかかって来る。隼之助は直前まで引きつけて、右にかわした。間髪を入れず、二番目の殺意がひらめいた。

匕首か、忍び刀か。

左右に走る銀条を、わずかに身体を動かすだけで避ける。

並外れた感覚が、いつも以上に冴えわたっていた。おそろしいほど相手の動きがよく見えた。

「ちっ」

舌打ちした相手の喉に、手刀を叩きつける。自ら位置を知らせたようなものだった。ぐぅっと呻いた男の手から匕首を奪い取るや、隼之助は反撃に転じた。後ろからひとり、前から二人。喉を突かれて崩れ落ちたひとりを入れれば総勢四人。重い湿気を含んだ暗闇に、鈍い激突音がひびきわたる。後ろによろめいたひとりが、不意に身体を硬直させた。

「あ、ぐ」

振りあげた右手には、匕首が握りしめられている。背後から刺されたことに気づいたのだろう、背中から血を迸らせながらも、懸命に後ろを向こうとしていた。ほとんど声はあげていない。が、突然、その場に膝を突いた。

夥しい血がぬかるんだ地面に広がっていく。隼之助が一人ではなかったことを、賊はようやく悟ったに違いない。無傷の二人は無言で姿を消した。

「お怪我は？」

配下の小頭、才蔵が訊ねる。年は二十七、端正な顔立ちの持ち主だが、残念なことにそれを見るには闇が濃すぎたかもしれない。血に染まった忍び刀を懐紙で拭っている。

「大丈夫だ」

隼之助は答えて、来た方角を見やった。逃げた二人は無情にも仲間を見捨てていったらしい。他の配下が、喉を突かれてうずくまった男を捕らえていた。

「ここで吐かせますか」

ひとりの問いかけに、隼之助は首を振る。

「しばらく話すのは無理だろう。連れて行け」

「は」

「亡骸(なきがら)も運べ」

と、才蔵が命じた。

「参りましょう」

声をかけ、先に立って歩き出した。配下のひとりが隼之助を守るように後ろに付いた。前後の守りを受けて、山谷堀沿いの道を大川の方に進んで行く。

「だれに命じられたのか」

独り言のような呟(つぶや)きが出た。

「手応えがなさすぎるように思えなくもない。なれど、無頼(ぶらい)の徒には見えぬ。それなりに統制がとれていた」

「おそらく……お庭番ではないかと」

躊躇いがちな才蔵の返事に、隼之助は思わず足を止める。

「なに？」

瞬時にさまざまな事柄が頭を駆けめぐった。他でもない才蔵たち自身が、そのお庭番ではないか。仲間割れなのか、それとも他に理由があるのか。問いかけが喉もとまで出かかったが、

「木藤様からお話があると思います」

才蔵は隼之助の父――多聞に答えをゆだねた。

天保十年（一八三九）四月。

菖蒲の花が、山谷堀の道に涼しげな彩りを添えていた。

二

翌日の早朝。

「大御所様と上様じゃ」

木藤多聞は言った。

大御所様とは、隠退した十一代将軍家斉であり、上様とは、十二代将軍家慶である。名ばかりの隠退であるのは言うまでもない。今も家斉は西の丸で采配を振っている。

大御所政治を続けたい者と、一刻も早く終わらせたい者。

前者は日蓮宗、後者は浄土宗という宗教問題までもが絡まり、両者の間には、日々、険悪な空気が高まっていた。

「それがお庭番の間にも表れただけのことよ。血気に逸った輩が、新しい鬼役の腕前を試そうとしたのやもしれぬ。むろん『あわよくば』と思うていたであろうがな」

ちらりと隼之助に視線を走らせる。胃ノ腑に悪性の腫瘍ができているのは、まず間違いなかったが、このところ小康状態を保っていた。顔色は今ひとつ冴えないものの、目には力がみなぎっている。小石川の屋敷の、奥座敷にいるのは才蔵を含む三人のみ。空気がからりと乾いている。初夏らしい爽やかな日になりそうだった。

ちなみに、木藤家の表の御役目、御膳奉行は、古くは鬼取役と呼ばれており、当初は三河以来の譜代の者に、この御役目を宛てたと言われている。若年寄支配で二百俵高、役料二百俵。その主な役割は毒味役だった。

将軍が食する前に味見をして、毒を盛られることを未然に防ぐ。

賄頭とはまった く別の役目だが、御膳奉行の頭に鬼取役――鬼役の名をあらためて与えたのは、家斉だった。木藤家、水嶋家、金井家、火野家、地坂家の五家を膳之五家とし、その中から一代限りの物頭、鬼役を毎年、正月に行う『膳合』で決めている。

鬼役をつとめる木藤家は、役料の二百俵に百俵を加えられて三百俵となるのだが、この百俵の差がどれほど大きいかは想像するに難くない。

大御所や将軍同様、膳之五家の間にも、見えない確執や水面下の争いが起きていた。いちおう手打ち式のような集まりは持たれたが、はたして、どこまで信じられるのか。互いにそう思っているのだけは間違いなかった。

「隼之助様は、物足りないようでございました」

才蔵が遠慮がちに口を挟んだ。

「手応えがなさすぎると仰せになられまして」

「才蔵」

隼之助の制止に、多聞の笑い声が重なる。

「さようか。軽業師まがいの稽古をしていたゆえ、なにをするつもりなのかと思うていたが、絆を深めるにはよき稽古だったのやもしれぬな」

満足げな笑みだった。手放しで喜んでいた。親馬鹿丸出しの顔を見る度、隼之助は不吉な胸騒ぎに襲われる。

――まだ早い。

その日がこないことを祈った。一日でも長く生きてほしかった。常に不満顔の多聞でいてほしかった。馬鹿にしたように鼻を鳴らすあれが、今では懐かしくさえ思えた。

「父上」

我知らず、呼びかけていた。ちゃんと生きていることを、答えが返って来ることを確かめたかったのかもしれない。

「なんじゃ」

「あ、いえ、弥一郎殿は、どこにおられるのかと思いまして」

言ったとたん、後悔していた。木藤弥一郎は、隼之助と同い年の二十二歳。隼之助の方が一日早く生まれたにもかかわらず、庶子という理由で異母弟の扱いを受けてきたのだが……ひと月ほど前に、さまざまな事情が一変していた。

弥一郎は木藤多聞の子にあらず。

真偽のほどは定かではない。しかし、いまや事実として、弥一郎の話がまことしやかに広まっていた。母親の北村富子は、十人目付の一家である実家に戻っている。不義の子なのか、いや嫁いだときすでに身籠もっていたらしい、陵辱されたのではないか、いやいや想い人の子であろう、などなど、噂は尾鰭をつけて収拾しようがないほどになっていた。

「武者修行の旅にでも出たのではあるまいか」

多聞は答えた。さして興味がない様子だった。

「馴染みの遊女屋にも立ち寄ってはおらぬようじゃ。母親から金子をもらい、江戸を出たのやもしれぬ」

「仰せのとおりやもしれませぬ。昨夜、今一度、吉原に行ってみましたが、弥一郎殿は来ておらぬという答えでございました。直心影流の道場には、何度か姿を見せた由。行方を知っている者が、いるように思えてなりませぬ」

無意味に話を引き延ばしていた。自分でそれがわかっていた。

〝弥一郎殿は、まことに父上のお子ではないのですか。では、弟の慶次郎殿はどうなのでございますか。慶次郎殿もまた父上の血をひいてはおられぬのですか〟

喉もとまで出かかった問いかけを呑みこんだ。

隼之助の気持ちを察したのか、

「直心影流か」

多聞がぼそっと言った。

「流派は違うが、森岡勘十郎は、よき稽古相手であった。まさか隼之助の命を狙うとは、思うてもおらなんだがな。年をとるにつれて、さまざまな思惑が生まれたのやもしれぬ。なんにつけても、真っ直ぐな男であったわ」

「……………」

まさか。

隼之助は雷に打たれたような衝撃を受けた。多聞は遠まわしに、真実を教えているのではないか。

〝弥一郎の父親は、森岡勘十郎よ〟

という、驚くべき事実を告げているのではないのか⁉

——落ち着け。

隼之助は自分に言い聞かせた。森岡勘十郎は捕らえられた後、この屋敷の座敷牢で自刃している。直前に弥一郎と会っているのだが、なにを話したのかまではつかめていない。弥一郎が立ち去り際、手渡した脇差で果てていた。

さまざまな思惑、なんにつけても、真っ直ぐな男。

それらの言葉が、隼之助に幾つかの推測をもたらした。真っ直ぐな男は、恋においてもそうだったのではないだろうか。北村富子と出逢い、恋に落ちた若い二人。だが、富子はすでに多聞のもとに嫁ぐ話が決まっていた。

──そして、父上にも、おれの母がすでにいた。

多聞は母の登和、森岡勘十郎は富子。

家同士の結びつきを重んじるあまり、引き裂かれた男女は、所帯を持ってからも心を許すことはなかった、のかもしれない。絡み合った複雑な糸が、少しずつほぐれ始めているように思えた。

「いかがした」

多聞が訊いた。

「いえ、たいしたことでは」

答えの途中でふと思いついた。

「あのとき、弥一郎殿は森岡様となにを話したのか、と、考えておりました」

多聞はどう答えるだろう。さらに一歩、踏みこんだ言葉を口にするだろうか。隼之助の頭には、弥一郎と勘十郎の間でかわされたやもしれぬ、幻のやりとりが浮かんでいる。

〝なにゆえ、かような仕儀に及ばれたのか〟

おそらく弥一郎は、詰め寄ったに違いない。徒党を組んだ挙げ句、隼之助を襲撃したのが勘十郎であると知って、勘十郎同様、真っ直ぐな気性の弥一郎はひどく驚き、狼狽えていたはずだ。腹違いの隼之助に対して複雑な思いはあっただろうが、よもや恩師が賊を率いて襲うなど、予想だにしなかったのはあきらか。

〝御身のためでござる〟

勘十郎はそう答えたかもしれない。

〝わたしのため？〟

怪訝そうに、弥一郎は訊き返しただろう。

〝さよう〟

黙って見つめた、勘十郎にできるのはそれだけだった。無言のやりとりから、弥一郎は母、富子の関与を悟ったのではないだろうか。

〝脇差を〟

勘十郎の最期の望みを聞き入れて、弥一郎は、富子のもとに走った。

――森岡勘十郎が、実の父かもしれぬとは思いもせずに。

そこがいかにも弥一郎らしかった。権謀術数とは、およそ無縁の男であり、御膳奉行という表の御役目には相応しい当主といえた。好漢、裏表のない男、ときに激しすぎるほどの正義漢。隼之助も異論はない。違う立場であれば、あるいはよき友になれたかもしれなかった。

「答えは出たか」

多聞の言葉で、はっとする。幻の父子対面のように、隼之助も父としばし無言で見つめ合っていた。弥一郎と勘十郎について言葉はかわしていない。が、多聞は、隼之助の微妙な表情を読み取っていた。

「は、い」

「つまりは、そういうことじゃ」

と、多聞はひとりごちる。つまりは、弥一郎は森岡勘十郎の子ということだった。

「しばし捨て置け」

父は敢(あ)えて名を口にしない。それが弥一郎への多聞なりの労(いたわ)りなのか、冷たさなのか、流石(さすが)にそこまでは読み取れなかった。

「は」

隼之助が頷(うなず)いたとき、

「失礼いたします」

義母の花江(はなえ)の声がひびいた。

「〈笠松屋〉さんが、お見えになっておりますが、いかがいたしましょうか」

遠慮がちに開けた障子の向こうに、穏やかな白い貌が覗いた。魂を奪われるような美人ではないが、双眸に心映えの美しさが表れている。年は多聞よりも十歳年下の三十五。お庭番の一家から後妻として入った女が、亡き母の従妹にあたり、顔立ちが母に似ていることを、隼之助は最近、父とのやりとりで知った。以来、いっそう思慕が増している。

「行け」

多聞がひと言、告げた。鬼役としてなのか、あくまでも配下の壱太として会えと言っているのか。詳しい話はいっさい、ない。

〝おまえの判断にまかせる〟

一番、恐い視線の言葉に促されて、隼之助は立ちあがった。

三

「隼之助殿が〈笠松屋〉さんに会うのですか」

廊下にいた花江が小声で囁いた。多聞を窺うように、座敷を素早く見やる。隼之助の後ろに付いていた才蔵が、静かに障子を閉めた。

「はい。父上に申しつけられましたので」

　隼之助は答えて、問い返した。

「なにか気になることでも？」

「いえ、考えすぎだと思うのですが、これはあとでお話しいたします。隼之助殿がとらわれてしまうといけませんから」

　多くは語らないが、花江は実の母以上に、隼之助のことを考えている。不安はまったく覚えなかった。

「わかりました」

「茶をお持ちいたします」

　花江は踵(きびす)を返して、台所の方に足を向ける。番町の屋敷から、小石川の新しい屋敷に移った後も、裾(すそ)を引きずるような奥方然とした格好はしていない。地味な色目の着物は、絹と見まごうばかりの高級な綿ではあるものの、裾を短めに着付けて、台所仕事にさしさわりがないようにしていた。

　台所に行くとすぐに前掛を着けるのだろう。こまねずみのように働く花江がいてこその木藤家だった。

義母の後ろ姿から、隼之助は、才蔵に視線を移した。

「おれは壱太として〈笠松屋〉に会う。才蔵さんは、鬼役の小頭として、上座に腰を落ち着けてくれぬか」

「畏まりました」

「ああ、庭が綺麗だ。雨が降ったあとは、まさに光り輝くばかりの美しさだな」

思わず中庭の美しさに見惚れた。

小石川の屋敷の敷地面積は約千三百坪、母屋建坪数は約三百坪、建屋の総坪数は約六百坪。近隣の武家屋敷の中でも、かなりの広さを有しているのは間違いない。屋敷を囲う塀沿いには、御裏門棟、御馬屋棟などの他、武道場まで設けられていた。配下のお庭番が住む長屋が、母屋や奥御殿を守るように、ぐるりと屋敷を取り巻いている。贅沢な造りではないが、表の間には、使者の間や客間、詰所、書院などが配されて、屋敷の規模に恥じない威容を見せていた。

「躑躅が見頃か」

隼之助はゆっくり書院に向かって歩き出した。躑躅の花殻を摘んでいたお庭番の女が、隼之助の視線に気づき、恥ずかしげに頬を染めて会釈する。庭の手入れをしている男たちや台所を手伝う男女も、すべてお庭番が占めていた。

――波留殿であれば大丈夫だ。おれの仲間たちと、うまくやれるに違いない。

花を見ると、なぜか想い人の白い貌が浮かぶ。

水嶋波留は五歳年下の十七歳。水嶋家は膳之五家の一家であり、ここ小石川に屋敷を賜っている。多聞曰く「侍と商人の戦」によって、波留は姉の奈津を喪っていた。

そのため、結納寸前まで進んだ話が、いったん棚上げにされている。

だが、隼之助は、両家の父親が二人の祝言を認めない限り、御役目を続ける気持ちはなかった。いざとなれば、このまま町人になって、波留と所帯を持つ覚悟を決めている。

「蓮花の薫りだ」

どきりとして足を止めた。初夏になると波留は、この香を用いるのが常。廊下に漂う残り香が、いやでも愛しい女を思い出させる。

――もしや。

と、思った。花江が意味ありげな言葉を告げたのは、書院で待つのが波留だという含みだろうか。多聞は意表を衝き、隼之助を従わせることが少なくない。〈笠松屋〉の主が訪れたというのは、偽りなのだろうか。

「いかがなされましたか」

才蔵が隣に来た。

「波留殿が、いや、なんでもない」

首を振って、気持ちを切り替える。ここからは鬼役の配下、壱太。小頭の才蔵を案内するように歩き、書院の廊下に座した。

「失礼いたします」

隼之助は、俯(うつむ)いて、障子を開ける。才蔵が小頭らしい態度で、書院用の戸から上座に足を踏み入れた。障子を開けたとたん、蓮花の薫りがさらに強くなる。あふれ出すほどに薫っていた理由を、隼之助は悟った。

——娘も一緒か。

畳に平伏していたのは、酒問屋〈笠松屋〉の主——滝蔵(たきぞう)夫婦とひとり娘の珠緒(たまお)だった。母娘ともども蓮花の練香(ねりこう)を使っているのかもしれない。書院にはまるで香を焚(た)きしめたかのごとく、爽やかな薫りが満ちている。

「お頭(かしら)様は、御城に出仕(しゅっし)しておられますゆえ、今日はわたしがお話を承ります」

才蔵が御簾(みす)を降ろした上座から告げた。滝蔵は面(おもて)をあげて、隼之助を見た。一瞬、驚いたような顔をしたが、すぐに柔和な笑みを浮かべる。続いて母親、そして、娘の珠緒も顔をあげた。

「壱太さん」

ふわりと、珠緒は花がほころぶような微笑を見せた。〈笠松屋〉に潜入させていた吉五郎というお庭番の配下に、恋い焦がれたのだが、吉五郎は見せしめのような酷い殺され方をしている。

おそらく珠緒にとっては初恋だったのだろう。

吉五郎を喪った娘は、文字どおり、狂った。身悶えして、声が嗄れるほど泣き、仇を討つのだと公言して憚らなかった。殺めた相手を教えてくれと、隼之助に迫った……ことが、まるで夢のよう。信じられないほど表情がやわらいでいた。

「これ、珠緒」

慌て気味に、滝蔵が窘める。

「ご無礼つかまつりました。木藤様には、特別のお計らいをいただきまして、〈笠松屋〉は無事、天下商人を名乗る許しを得られましてございます。本日はその御礼に伺いました次第にございます」

と、傍らに置いていた風呂敷包みを開いた。二つの菓子折をそっと前に並べる。才蔵の目配せを受けて、隼之助は菓子折を取りに行った。ずしりと重い手応えが感じられた。二箱、重ねて運んだが、合わせて千両ほどあるのではないだろうか。

大御所家斉が認めた大店に、天下商人の商号を与えるようになったのは、隼之助が御役目を務めるようになった頃だ。塩問屋の〈蒼井屋〉は、幕府から遣わされた勘定方が取り仕切っている。饅頭屋の〈相生堂〉は、連日、行列ができるほどの賑わいを見せ、取り引き相手の薬種問屋もまた天下商人の後ろ盾をうまく活かしていた。江戸において砂糖を商う大店の薬種問屋であるのは言うまでもない。

さらに酒問屋の〈笠松屋〉は、江戸だけでなく、上方にまでも手を伸ばし始めているはずだ。

御用商人よりも格上の、まさに天下の商人であると、日本中に知らしめることにより、幕府と大店に多大な利益をもたらすのは必至。侍と商人の戦が繰り広げられる裏では、御城の蔵に小判を積みあげる算段もなされているのだった。

「木藤様には、くれぐれもよしなにお伝えくださいませ」

滝蔵の挨拶に、才蔵が応じた。

「承りました」

「珠緒もようやく落ち着きまして、てまえどもも安堵いたしました次第です。ご迷惑をおかけいたしまして、申し訳なく思っております。お詫びをかねまして同道させました。ただ」

「吉五郎さんを殺めた者が、わかりましたときには、知らせていただきたく思います」

　珠緒が早口で継いだ。

「仇を討つのは諦めました、父と母が哀しみますから。ですが、せめて、だれの仕業なのか知りたいのです。吉五郎さんを殺めた相手を、教えていただきたいのです」

　歯切れのいい話し方が、いかにも江戸の大店の跡取り娘という感じだった。菖蒲模様の振り袖を着て、高島田に結いあげた髪には、藤の花を模した簪を挿している。まだ少しやつれは残っているものの、踏ん切りがついたように見えた。吉五郎の亡骸に引き合わせたのが、今の姿をもたらしたのであれば、幸いといえた。

〝どうしますか？〟

　才蔵のそんな目顔に、隼之助はかすかに頷き返した。滝蔵たちから才蔵は御簾に隠れて見えないが、隼之助の位置からは、上座の様子が見える。

「わかりました。なれど、おそらく下手人は見つからないのではないかと存じます。吉五郎はお庭番、御役目に殉じたとお考えいただきたく思います」

　才蔵の答えに、珠緒はすかさず不満げな声をあげる。

「噂が流れております。分家の弥一郎様が、賊を雇ったのではないかと、あたし、いえ、わたくしは……」

「珠緒」

滝蔵が鋭く遮った。

「………」

隼之助は、才蔵と顔を見合わせずにいられない。珠緒が分家と断じた点はむろんだったが、賊を雇った云々まで知っているのは意外だった。金を使って調べさせたのだろうか。あるいはだれかが意図的に噂を流したのだろうか。いずれにしても、木藤家の悪い噂を広められてはたまらない。

気まずい空気を察したのだろう、

「申し訳ございません」

頭をさげた滝蔵に、妻と娘も倣った。

「どこで聞いてきたのか、譫言のように申しまして。仕方なく同道いたしました次第です。弥一郎様ですが、番町のお屋敷にはおいでにならないとか。病を得て、ご療養なされていると、てまえは伺いましたが」

わざとらしく娘に目を走らせる。

「え？」

珠緒は驚きを隠さない。父親は、この場で聞かせることにより、吉五郎への未練を完全に断ち切らせようとしていた。才蔵も馬鹿ではない。

「いかにもご療養なされております」

話を合わせた。

「分家の弥一郎様におかれましては、湯治場のご療養がよいと医師に言われまして、御城には病届けを出しました次第。吉五郎の騒ぎには、いっさい関わっておりません。当時、弥一郎様は江戸にはおいでになりませんでしたので」

分家の部分に、ことさら力をこめる。隼之助に本家の自覚を持たせるためだろうか。我知らず、苦笑いを浮かべていた。

「失礼いたします」

花江が茶を運んで来た。下女のお庭番の娘を従えて、滝蔵たちに茶と菓子を配る。

「ご盟友がお呼びですよ」

隼之助の耳もとに囁いた。才蔵に会釈して、廊下に出る。中庭で二人の盟友、殿岡雪也と溝口将右衛門が手招きしていた。

廊下に出る間際、

四

隼之助が駆け寄ると、雪也が離れの茶室を顎で指した。

「どうした」

「慶次郎殿よ」

だれもが認める美男の顔が珍しく冴えなかった。

殿岡家は百俵を賜る幕府の台所方だが、三男坊となれば、冷や飯食らいの厄介者。年は隼之助と同い年の二十二なのだが、女子と見れば相手かまわず手を出すのが困りものかもしれない。近頃は裏店の年寄りにまで、目配り、気配りを怠らないらしく、『節操なしの女食らい』なる異名に恥じない暮らしぶりとなっていた。

「思い詰めた様子でな。おぬしに会いたいと言うておるのじゃ。なに、いやなら、わしが断って進ぜよう。嘘八百を並べたてて、追い返してくれるわい」

将右衛門が受けた。気楽な口調だった。年は二十四、六尺（約百八十二センチ）を超える大男は妻子持ちで、いつも金と飯に困っている。が、隼之助の御役目を手伝うようになってからは、どうにか生計がたつようになっていた。

「まかせておけ。わしがうまくやる」

愉しげでさえあった。もとより将右衛門は、隼之助の異母兄弟に対してよい感情を持っていない。雪也よりずっと正直な気持ちが顔に表れていた。

「若党も一緒か」

隼之助は念のために確かめる。

「いや、ひとりだ。将右衛門は他人事と思うておるようだがな、明日は我が身よ。首を括りかねない様子に見えた。木藤様には知らせてくれるなと言うたゆえ、まずはおぬしにと思うた次第。やはり、お知らせした方がよいのでは……」

「待て」

いち早く雪也の腕を摑んだ。

「父上に知らせるなと言うのであれば、知らせぬ方がよかろう。本当にひとりなのか。外にも若党はいないのか」

「おらぬ」

雪也の答えに、将右衛門が続いた。

「ゆえに、ではないか。面倒なことよと、わしは思うたのじゃ。話を聞くまでもないわ。おおかたの見当はつく」

「なるほど、慶次郎殿は尋常ではない様子。将右衛門に見透かされるようでは、この先、どうなることやら、だな」

「お」

「蝮の悪態は朝から冴えわたっておるようじゃ」

盟友たちは、口々に言いつのる。

「なにゆえ、隼之助は慶次郎殿の若党を、かように気にかけるのか」

「決まっておるではないか。香坂殿が城に出仕しておるからよ。地軸の底まで叩き斬らんばかりの野太刀示現流ならぬ自顕流がおらぬゆえ」

「わたしと将右衛門だけでは、心もとないという考えか」

「然り」

「なめられたものだな」

「香坂殿を相手に、われらが日夜、密かに稽古しておるのを知らんからの。かような口がきけるのじゃ」

「将右衛門。目にもの見せてくれようぞ」

「おう！」

沈みこみがちな気持ちを、引き立てようとしていた。持つべきものは、友である。

隼之助は二人の肩を軽く叩いた。

「出番はないと思うが、宜しく頼む」

腹違いの弟が知りたいことは、たったひとつしかない。答えは与えられないが、偽りを告げて追い返すような真似はできなかった。お庭番たちが案じるように、ひとり、二人と集まって来る。茶室の近くには、すでに十数人が集まっていた。

「会う必要はありません」

ひとりが代表するように言った。

「ご存じのはずです、あやつは吉五郎を……」

「言うな」

厳しく制した。

「それ以上、口にしてはならぬ。これから先もだ。よいな」

隼之助は、お庭番を見まわした。吉五郎は殺められた後、布団鬼と呼ばれるやり方で、この屋敷の門前に転がされていた。布団鬼は、吉原などで行われる遊びの一種だが、亡骸を辱めるためであったのは間違いない。

お庭番たちは、吉五郎殺しを指示した下手人を、慶次郎ではないかと考えているふしがあった。

「ひとりで会う。だれも来てはならぬ」

「隼之助」

雪也が不安げな呼びかけを発した。おぬしひとりでは、いかにも無謀。なにかあった折には、木藤様より激しい叱責をくらうは必定。わたしと将右衛門だけは同席させろ。口にされない訴えに応えた。

「二人だけで会いたい」

盟友のひとりはぐっと言葉に詰まったが、

「戸口におる」

将右衛門は早くも刀の柄を握りしめている。譲歩できるのは同席しないという一点のみ。あとはわれらのやり方でやらせてもらうと、殺気まじりの気を放っていた。

「わかった」

隼之助は頷き返して、茶室の戸口に向かった。

〝兄は父上の子ではないのか？　わたしはどうなのか？〟

慶次郎からその問いかけがなされたとき、なにを、どう言えばいいのだろう。混乱しているのは、隼之助も同じだった。

「ご免」

告げて、茶室に入る。外は四月の陽射しに覆われていたが、中は静けさと薄明に包まれていた。切られた炉の近くに、慶次郎は、瞑目するように座していた。閉じていた目が開けられる。

泣いているような表情だった。

年は十八。あがり気味の眉や、酷薄そうな薄い唇は、母親の北村富子によく似ていた。木藤家の親戚筋の、養子となった異母弟は、弥一郎ほど長く隼之助と暮らしていない。にもかかわらず、いつも怒りと憎悪にあふれる目をしていた……のだが、今はなんとも言えない目をしていた。

「弥一郎殿から、なにか知らせはござったか」

隼之助は感情を抑えて、訊いた。先刻、父とかわした会話、ほのめかしたように思えなくもない森岡勘十郎の話、もしや、弥一郎の父は、などなど、ともすれば、あふれ出しそうになる気持ちを懸命に抑えている。

「武者修行の旅に出たようでござる」

慶次郎は他人行儀に答えた。かつては、炎のような激情を叩きつけるのが常だった。弥一郎を押し留めて、自ら隼之助をいたぶる役を買って出るようなところがあった。他人を貶めることに、ある種の悦びを見出す気質だったのは確かだろう。一歩、間違えば無頼漢になりかねない暴力的な怒りと不満を、裡に秘めていた若者だったのだが……。

それがどうだろう。

毒を取り除かれた草のごとく、ただ端然と風になびいている感じだった。隠し持っていた鋭い刃を、いともたやすく取り除かれてしまうとは……。

――これは慶次郎殿ではない。

隼之助は猛然と腹がたってきた。木藤家と北村家、そして、森岡勘十郎との間に、どのような昔があったのかはわからない。が、しょせんは家同士の確執ではないか、親同士の争い事ではないか。生まれた子供まで巻きこみ、明日を不安にさせるのは許せない。いいかげんにしろ、と、多聞たちに叫びたかった。

「心と心、命と命」

ふと口をついて出た、なにも考えずに言っていた。

「絆こそが、互いを繋ぐ要ではないかと」

隼之助は、お庭番を配下ではなく、仲間だと思っている。血の繋がりこそないものの、絆という強固な繋がりを感じている。慶次郎にも知ってほしかった。この世にあるのは、血の繋がりだけではないことを。

「絆、でござるか」

慶次郎は自問するように呟いた。答えを求めるような眼差しを投げる。真実が知りたいと告げていた。曖昧模糊とした言葉ではなく、はっきりとした答えが知りたい。

「わからぬ」

先んじて告げた。

「慶次郎殿が望む答えは返せぬ、いや、わたしはなにも知らぬゆえ、答えようがない。今、思うているのは、弥一郎殿が無事であるかどうかということのみ。一日も早う屋敷に戻られるのを……」

はっとして言葉を切る。

慶次郎の頬を涙が伝い落ちていた。はらはらと、涙が流れていた。自分が泣いていることに気づかなかったのか、

「め、面目ない」

やや遅れて、慶次郎は拳で涙を拭った。その少年のような仕草に、思わず隼之助は微笑んだ。

「そういえば」

幼い頃の一場面が脳裏に甦る。

「弥一郎殿に度々、置いて行かれたことがござったな」

遊びに行く約束でもしていたのかもしれない。だが、約定(やくじょう)を違(たが)えて、弥一郎は弟を置き去りにした。いつも慶次郎は悔しそうに、拳で涙を拭っていた。隼之助と目が合ったとたん、負けん気の強さをあらわにして、悪態を叩きつけるのが常だったが……。

「此度(こたび)も置いてきぼりでござる」

慶次郎は、ついと目を逸(そ)らした。

「兄上は、それがしにはなんの話もいたしませなんだ。噂話を掻(か)き集めて、ようよう経緯(いきさつ)を知ったような有様。母上に問い質(ただ)しても黙りこむばかり。番町の屋敷も訪ねましたが、義姉上(あねうえ)は実家に戻られたそうでござる」

「それは」

初耳だった。

「いつの話でござるか」

弥一郎の妻は、目付の家から嫁いだ女子。互いにとって利のある結びつきだったはずなのに、なぜ、かような流れになったのか。

「昨日でござる。木藤弥一郎は、木藤多聞の子ではない、つまり、鬼役にはなれぬ夫だと義姉上はお思いあそばされたのでござろう。見切ったのでござるよ。離縁状を残していった由。用人が言うており申した」
と、慶次郎は言葉を切った。逡巡している様子が見て取れた。隼之助に訊いてみたいが、訊くのは恐い。また訊いたところで、隼之助が答えられないのはわかっている。

「まことでござろうか」

それでも慶次郎は口にした。

「兄上が、父上のお子ではないという話は」

重苦しい沈黙が流れる。

真実を知っているのは多聞と北村富子の二人だけ。これまた訊ねたところで答えが得られないのはわかっていた。

「それがしの答えは同じでござる。わかりませぬ」

「さようか」

隼之助は告げた。

ふたたび慶次郎は、逡巡の沈黙を返した。二度目のこれも隼之助は読み取れた。弥一郎よりもさらに、素直な気質の若者だった。

「実は」

「なにかわかった折には、使いをやりまする」

覆(おお)い被(かぶ)せるように言った。

「慶次郎殿も弥一郎殿の行方について、話を聞いたときには、お知らせ願いたい。いかがでござろうか」

「承知した」

異母兄弟の話は終わる。

畏(かしこ)まったやりとりではあったが、父母の確執がわずかに遠ざかったように思えた。慶次郎の涙が、隼之助の心に強くやきついている。

五

「そうか、慶次郎殿は泣いたか」

雪也が言った。

あの後、隼之助は二人の盟友と小石川の屋敷を出ていた。日本橋橘町の裏店(うらだな)〈達磨(だるま)店(だな)〉の家に戻ったのだが、将右衛門とは途中で別れたため、擦(す)り切れた畳の座敷にいるのは、雪也だけだった。

「父上は弥一郎殿や慶次郎殿を、どう思うておられるのか。いささか冷たすぎるように思えなくもない」

「這(は)いあがれと示しているのではあるまいか。おぬしに対しても、そうだったではないか。わたしの目から見ると、木藤様は三人の兄弟を、実に公平に扱(あつこ)うておられるように見えるがな」

雪也は、手酌で徳利から湯飲みに酒を注(つ)ぎかけたが、不意にやめた。隼之助の視線を感じたに違いない。

「飲みすぎると、身体の切れが悪くなるゆえ」

言い訳するような言葉が出た。

「いい心がけだ。では、おれが茶を淹(い)れて進ぜよう」

「お頭様手ずからとは、かたじけない。ありがたくて、涙が出そうじゃ。わたしも慶次郎殿のように……」

「よせ」

遮って、土間に降りる。慶次郎の涙を、嘲笑(あざわら)うような愚は犯すなと態度で示した。流石(さすが)にまずいと思ったのだろう、

「すまぬ」

雪也が畏まる。

「生々しい話ばかりゆえ、つい、な」

「気持ちはわからぬでもない」

茶の支度をしながら、隼之助はもっと生々しい話を思い出している。弥一郎の父親が、森岡勘十郎かもしれないという話は、盟友たちにも告げていなかった。

もしや、勘十郎は弥一郎だけでなく、慶次郎の父親でもあるのだろうか。もしや、多聞と富子は、褥をともにしたことがなかったのか。富子が拒絶したか、あるいは多聞が手をふれなかったのか。

さまざまな疑問が湧いている。

――まさか、とは思うが。

ありえないとは言い切れなかった。多聞が手をふれなかったのだとしたら、富子は女として、いたたまれなかったろう。深い怨みをいだいたからこそ、あのとき、密かに隼之助を殺そうとしたのではないか。

深更の廊下、厠に行こうとして起きた隼之助、いつの間にか現れていた富子、しのびやかに富子が迫る。右手に短刀を隠し持ち、なにかを言いながら隼之助に襲いかかろうとした……。

「隼之助。明日は〈切目屋〉に行くのであろう」

雪也の声で我に返った。

「ああ。早朝と言われたのでな、ここに戻った次第よ。金にはならぬが、〈だるまや〉の仕事はおもしろい。見世を立て直すことによって、依頼人の心までもが前向きになるように思えるのだ」

見世を立て直す再生屋〈だるまや〉は、馬喰町の旅籠〈切目屋〉が仲介役となっていた。女将の志保は、父の多聞と知り合いのようだが、特に訊ねたことはない。

「いざとなれば、〈だるまや〉で生計をたてるつもりだ。雪也と将右衛門には悪いが、おれは鬼役に未練はない。裏店暮らしも慣れれば極楽よ」

茶を淹れて、座敷に戻る。茸が生えそうな古畳は、歩く度にたわんで、妙な音をたてた。湯飲みを受け取った雪也は、意味ありげな目を向ける。

「裏店暮らしは辛いと泣いていた鴉が、というやつか」

「だれが泣いていた、おれはだな」

「むきにならずともよい。前にも言うたやもしれぬが、かような裏店でも住めば都よ。されど、波留殿はどう思うか。姉の奈津殿亡き今、水嶋家の跡取り娘じゃ。そうそう、おぬしを婿にと言うた話は、どうなっている」

「あれきりだ。父上は妹御を跡取り娘にすればよいではないか、と、暗にほのめかしておられたが」

波留の父、水嶋福右衛門は、様子を見ている感じだった。木藤家は御家騒動の真っ最中、どちらに転ぶか、見極めているのではないだろうか。

「実は」

雪也は先刻の慶次郎を真似るように言い淀んだ。あのとき、慶次郎は吉五郎を殺めた下手人は、自分だと告げるつもりだったのかもしれない。それを察して遮ったが、はたして、あれでよかったのか。

不可解な表情をしていたのだろう、

「なんだ、なにか言いたいことでもあるのか」

雪也が促した。

「それを言いたいのは、おれの方だ。逡巡するなど、おぬしらしくもない」

「うむ。佳乃のことよ」

妹の名を告げたが、逡巡は消えていなかった。兄によく似た美貌の持ち主の年は、波留と同い年の十七。何事にも控えめな波留とは違い、ずけずけとした物言いをする娘だった。

雪也は、ひとつ、重い吐息をついた。

「いくつか見合いの話が来ているのだ。中でも西の丸の納戸頭が、やけにご執心のようでな。むろん倅の嫁にという話だが」

いつになく歯切れが悪い理由を、隼之助はすでに察していた。が、自分から口にするつもりはない。

「西の丸の納戸頭とはすごいな。良縁ではないか」

あたりさわりのない言葉を返した。

「さよう。父上ばかりか、兄上たちまでもが、目の色を変えておる。佳乃を取り囲むようにして、早う祝言の日取りを決めろと迫っているとか」

「佳乃殿は、おぬしに似て美人だ。噂は御城にも広まっているのだろう。常であれば、格の違いがありすぎて、洟も引っかけられぬ相手ではないか。受けた方がよかろう。佳乃殿も十七。嫁ぐにはよい年頃よ」

いささか口が過ぎたかもしれない。

「隼之助」

目をあげた雪也に頭をさげた。

「涙も引っかけられぬ云々は、言い過ぎた。すまぬ」

「そうではない、わたしが言いたいのは」

「むきになるな」

先刻のお返しとばかりに、やり返した。雪也が苦笑を滲ませる。

「佳乃も物好きな女子よ。皮肉屋で天の邪鬼な男の、どこに惚れたのか。波留殿がおるゆえ、想いはかなわぬと、あれもようわかっておるのだ。なれど」

人の心はままならない。

「おぬしと波留殿の様子を見れば、諦めるのではないかと思うてな。わざと同道させたりもした。隼之助の名を口にせぬようになって、これはもう大丈夫かと思うたとき、水嶋家の騒ぎよ」

雪也は続けた。

「もしや、と思うたのであろう。波留殿が水嶋家の跡取り娘になれば、隼之助は、他家より嫁女を娶るしかない。『わたくしにも機会が与えられた』となな、佳乃は思うたのであろうさ」

色男も妹のことになると弱い。それぞれの想いがわかるだけに、焦れったさがつのるのかもしれなかった。

「だれかひとりが振り向けば、少なくとも、一組は、幸せな男女が生まれるのではないかと思うのだがな」

ぼそっと呟いた。

「佳乃殿であろう。振り向いて、納戸頭の家に嫁ぐのが幸いよ。脅すわけではないが、おれと所帯を持つのは楽ではない。鬼役を務めるにしても、商人になるにしてもな。苦労ばかりだ」

「波留殿なら耐えられる、か」

しみじみと呟いた。

「さよう。ゆえに、おれは波留殿一筋よ」

「は。ぬけぬけと言うてくれるわ。わたしの身にもなってくれ。佳乃を諦めさせるのは、至難の業。さっさと祝言をあげてくれぬか」

「おれもできればそうしたいがな。弥一郎殿の騒ぎが、おさまらぬうちは無理だろう。せめて、居所だけでもつかめれば」

「果たし状が届くやもしれぬ」

雪也は、冷めた茶を、さもまずそうに啜りあげた。

「ここまでくれば、卑怯な真似はすまいが、後ろには北村の母御が付いておる。狙いは鬼役の座、佳乃ほどたやすくは諦めまい。弥一郎殿が駄目でも、慶次郎殿がいるからな。主なき番町の屋敷に、送りこむやもしれぬぞ」

「まさか」

いくら富子でも、と思った。慶次郎は親戚筋に養子として入っている。弥一郎を見限って、二男に肩入れするのは、早計すぎるように思えなくもない。

「いやいや、わからぬ。弥一郎殿のご妻女を連れ戻して、慶次郎殿を後釜(あとがま)に据える。ちと年が若いやもしれぬが、なに、若い相手が好きなのは男だけではない。女子とて相手は若い方がよかろうさ」

「そうではない男もいるではないか」

意味ありげな目を向ける。

「む」

雪也は一瞬、返事に詰まったが、

「ははは、甲斐(かい)がいしく世話をやいてくれる姿に、つい、ほろりときただけのことよ。やはり、これは飲まねば駄目だ。素面(しらふ)でする話ではない。そら、隼之助もいけ、わたしが買(こ)うた酒だが、常日頃、お頭様には面倒をかけておるゆえ」

ちょうど空(から)になった隼之助の湯飲みに徳利の酒を注いだ。さして飲みたくなかったが、ひと口だけと思い、口をつける。

「う」

吐き出しそうになった酒を、かろうじて飲みくだした。

「すでに老ね香が出ているではないか。よくかような酒が飲めるものよ、と、雪也には合うのやもしれぬな」

隼之助はにやにやする。

「こいつ。老ね香が好きなのだろうと言いたいのやもしれぬが……」

友の反論は、戸口の挨拶に遮られた。

「隼さん、おるかい」

この裏店の主とされる三婆のひとり、おとらが、返事を待たずに戸を開けた。

六

「なんじゃ、また酒盛りかね。いい若いもんが、酒ばかり飲むもんじゃねえ。身体がなまっちまうぞ」

年は七十を超えている、ということぐらいしかわからないが、特に知りたいとも思わなかった。留守にすることが多い隼之助にとっては、番太のような存在。塩や味噌が知らぬ間に減るのは、我慢するしかないと考えていた。

「ひとりか」

と、雪也は亀のように首を伸ばした。その姿に、隼之助は呆れ返る。

「老ね香が案じられるのであれば、遠慮するには及ばない。様子を見て来たらどうだ」

冗談のつもりだったのだが、色男はそわそわと立ちあがる。

「お言葉に甘えさせていただくか」

「なに？」

呆気にとられる隼之助を置いて、雪也は家を出て行った。鼻歌まじりであるのを聞きのがさない。入れ替わるように、おとらが土間に入って来る。

「おい、おとらさん」

「前にも言ったじゃねえか、お宇良とできてるってよ。けど、案ずるこたぁねえだ。お宇良はとうに月のものはなくなってるからな。赤児ができる心配はねえからよ」

「い、いや、そういう話ではなくて、あ、いや、これも前に言った憶えがあるが」

思わず呟いていた。

「雪也のやつ、どうかしている」

「色々あるんじゃねえのかい。羽振りはよさそうだけんどよ、その分、たまるのかもしんね。お宇良はお宇良で、『雪様、雪様』と娘っ子のような有様じゃ。しずねくて寝らんねえほどよ」

奥州訛(なま)り丸出しの言葉に、悪寒(おかん)が走るのを覚えた。

「うるさくて寝られないほど、お宇良さんは騒ぐか」

しずねくて、の意味がわかるのは、十歳まで育ててくれた母方の祖母にも、奥州訛りがあったからだ。

「雪さんが来ねえとな、しずねくて、たまんね」

おとらは、言われもしないのに、流し場の洗い物を片づけていた。塩や味噌の礼なのだろう。持ちつ持たれつの関わりが、隼之助はけっこう気に入っている。

「そうか。雪也も、たまっているか。されど、それがお宇良さんの家に出入りする理由にはなるまい。だいいち、あいつには、おきちさんがいる。男妾(おとこめかけ)はそれなりに大変だ、などと鼻の下をのばして言っていたが、そうか」

ぽんと膝(ひざ)を叩いた。

「縁切りされたのかもしれないな。近頃、とんと話をしなくなったのは、見切りをつけられたからに違いない。昨今、女子の方から見切りをつけるのが、江戸の流行(はや)りなのであろうか」

「隼さんにも思いあたることがあんのけ」

おとらは、湯飲みを取って、茶を淹(い)れ替えた。老(ひ)ね香の出た安酒よりも、出涸(でが)らしの茶の方がまだましだ。隼之助はひと口、飲んで、答える。

「おれは今のところは、無事だ。もっとも、実家からはいつ見切りをつけられるかわからないがな」

「そうかい」

と、おとらは軽く聞き流した。隼之助が本当は侍であり、実家がそれなりの武家であることを、薄々、察しているだろうが、立ち入ろうとはしなかった。そういうところも気に入っている。

「二、三日前だがよ」

上がり框(がまち)に腰かけて、おとらも茶を啜った。

「馬喰町の旅籠〈船津屋(ふなつや)〉から使いが来たんだがよ。隼さんじゃなくて、壱太さんに用事だと言ってたけんど、あ、でぇじょうぶだ、わがってる。うまく話を合わせといただ」

「すまない。壱太は幼名でな。〈だるまや〉として仕事を受けるときは、壱太の名でやっているんだ」

慎重に、明かしていい部分だけ告げた。

「なるほど」

なにか言おうとした気配を感じて、隼之助は問いかける。

「屋号はまことに〈船津屋〉だったか」

「ああ、間違いねえ。ここに」

おとらは懐から、しわくちゃの紙片を取り出した。たどたどしい平仮名だったが、「ふなつや」と記されている。

「おかしいな。仲介役を務めるのは、〈切目屋〉なんだが」

「噂を耳にしたとか言ってたな。たいしたもんじゃねえか、ええ、隼さんよ。まだたいして日も経っていねえのに、頼りにする者が現れるとはよ。そのうち江戸中から、おめさんを頼りにして、集まって来っかもしんねえぞ」

「それはないだろうが」

「だけんど〈船津屋〉か」

おとらは、首を傾げて、考えこんでいる。

「いや、以前、なんか噂話を聞いたような気がするんだけんどよ。確か馬喰町の旅籠だったと思うんだけんど、〈船津屋〉だったかどうか。ああ、駄目だ。思い出せねえ。年はとりたくねえもんだ」

「どうした」

「そのうち思い出すさ」

戸口に人の気配を感じて、隼之助は腰を浮かせた。懐に携えている短刀に、手が伸びかけたが、こらえる。

様子を見て気づいたに違いない。

「だれだね」

おとらが戸を開けた。

「〈船津屋〉の番頭です」

四十前後の男が、ぺこりと頭をさげる。戸を開ければ見渡せてしまう裏店だ。目が合ったため、隼之助も会釈(えしゃく)する。

「壱太さんで？」

「んだ。まんず、あがれや」

代わりに答えたおとらが、身体をずらして、中に入るよう示した。番頭は窺(うかが)うような目をしながら、座敷にあがって来る。

「留守の間に、おいでいただいたようで、すみませんでした。今、おとらさんから話を聞いたところです」

隼之助は、丁重に応じた。引っ越した当初は、侍と町人の使い分けがうまくできず、不自然な言葉づかいになった憶えがある。かなり慣れてはきたが、気取(けど)られぬよう、気持ちを引き締めた。

「そうですか」

番頭は頷(うなず)いて、続けた。

「さっそくですが、〈だるまや〉さんにお願いしたいと思いまして。一度、見世に来ていただけませんか」

「その前に、お訊ねしたいことがございます。てまえの取り次ぎ役は、〈切目屋〉さんです。〈切目屋〉さんには、話を通していただけましたか」

「はい。もう通しました。番頭の与兵衛(よへえ)さんが、二つ返事で『どうぞ』と仰(おっしゃ)いましたので、大丈夫だろうと思います」

「与兵衛さんが」

隼之助の脳裏には、与兵衛の陰湿な金壺眼(かなつぼまなこ)が浮かんでいる。女将の志保と、おそらく懇ろであると思われる番頭は、若い隼之助を目の仇にしていた。隙あらば蹴りつけようとするあれは、あきらかに鬱憤晴らしであろう。

「女将さんには」

遠慮がちな口調を読み取ったのかもしれない。

「直接は言っておりません。与兵衛さんが、伝えてくれると思いまして」

番頭は顔を覗きこむようにして訊いた。

「まずいですか」

「いえ、いちいちお伺いをたてるほどの商いではありません。ですが、念のため、女将さんには、お話ししておこうと思います。これから〈切目屋〉に行き、事の次第を告げて参ります」

女将の志保は、多聞と少なからぬ繋がりを持っている。筋を通さないと、父の顔に泥を塗るような不始末になりかねなかった。

それに、と、隼之助は思っている。

――〈船津屋〉からの依頼は、罠やもしれぬ。

用心のうえにも用心を。

心の中で言い聞かせていた。

第二章 絆

一

「番頭の与兵衛が、勝手にやったことなんですよ」

馬喰町の旅籠〈切目屋〉の女将——志保は吐息をついた。

「あたしが知らない間に、『どうぞ、どうぞ』と決めちまいましてね。まったく困ったものなんですけれど、これもなにかの縁。今回は〈船津屋〉さんの依頼を、引き受けてくださいな。隼之助さんが、わざわざ来てくれただけで充分ですよ。思ったとおり、律儀な人なんですねえ」

という秋波をこめた視線に送られて、隼之助は、〈船津屋〉の頼み事を聞くことになった。〈船津屋〉も〈切目屋〉同様、公事宿である。訴訟をするため江戸に出て来た者が泊まる宿だったが、むろん普通の旅人にも利用されている。

隼之助は、通常の訴訟ではない『外れ公事』を扱う再生屋として、見世の立て直しや、新しい商いの手伝いなどをするというのが売りだった。公事と籤をかけていたが、洒落ほど簡単にはいかない。

「倅を連れ戻してほしいんですが」

開口一番、〈船津屋〉の主の庄助は言った。

「そういう頼み事は駄目ですか」

年は四十なかば、がっちりとした太り肉の男だが、髪の毛が薄く、髷を結うのが大変そうに見えた。さほど暑くないのに、額には汗をかいている。隼之助は得意の、体質診断をしていた。

――湿熱だな。

太り気味で、暑がりの汗っかき、肌には吹き出物が多い。庄助はすべてに当てはまっていた。

「いえ、やらせていただきます。米櫃が空になりかけていますので、選り好みしてはいられません。ですが、連れ戻すという頼み事は、初めてなのです。うまくいくかどうかはわかりません」

「前金として、一両、出しましょう。銀次郎（ぎんじろう）を、あ、これが倅の名前ですが、無事、連れ戻せたときには、三両、出そうじゃありませんか。いや、五両、出してもいい。とにかく、ここに連れ戻してほしいんですよ」

五両と聞いて、天（あま）の邪鬼（じゃく）な隼之助は、「むずかしいかもしれない」と思った。よほど厄介な理由（わけ）が、隠れているのではあるまいか。

「ひとつ、お訊（き）きしたいことがあります」

確かめようとしたが、

「倅が出て行った理由ですね」

庄助が先んじて言った。

「理由なんか、ありませんよ。女房にくっついて行っただけのことです。離縁したわけじゃないんですが、少しの間、別に暮らした方がいいとなりまして」

曖昧（あいまい）な表現に真の理由が見え隠れしているように思えた。おそらく女だろう。入れ揚（あ）げた挙げ句、袖（そで）にされたか、あるいは目が醒（さ）めたか。気づいたとき、苦労をともにした妻は消え、倅もいなくなっていた。

「銀次郎さんは、今、なにをしているのですか」

別の方から探りを入れる。言いたくない理由にこだわるのは愚の骨頂、頭をうまく切り替えなければ、生き馬の目を抜く江戸では食べていけない。

「それが……身体をこわしたようでしてね。慣れない振り売りなんぞをやって、無理をしたんでしょう。だから早く帰って来いと言っているんですが」

見世の一階の内所で話しているのだが、午前だというのに、廊下や二階は驚くほど静かだった。ときは四月、物見遊山や訴訟には、非常に適した時季といえる。事実、昨夜、〈切目屋〉を訪ねたときは、出入りする客に何度も会話を遮られた。それなのに……ここには不自然な静けさが広がっている。

──〈切目屋〉の女将さんは、なにも言っていなかったが。

同業者について、あれこれ噂話をするのは、ご法度なのかもしれない。正直には見えない主と、無駄な会話をするよりも、自分で調べた方がいいと判断した。

「わかりました」

隼之助は答えた。

「連れ戻せるかどうか、安請け合いはできませんが、とりあえず銀次郎さんに会ってみます。それで宜しいですか」

「もちろんです。これを」

主は懐から前金の一両を出して、畳に置いた。懐紙には包んでいないが、うるさいことを言うつもりはない。多すぎる前金に、またもや疑問が湧いたものの、これまた詮索するつもりはなかった。

「頂戴いたします」

「それから見世は、なんの問題もない。すべて片付いたと伝えてください。案じることはないのだと言ってもらえればわかります」

なんの問題もないと、わざわざ言付けるのはすなわち、今までは問題があったという証にほかならない。夫の女道楽に愛想をつかした女房が、見切りをつけたのを皮切りに、倅も見世を飛び出したというのが、真相ではないだろうか。

訊きたいことは胸に秘めて、一番、重要な問いかけを発した。

「間違いなく、お伝えいたします。銀次郎さんは、今、どちらにお住まいなのですか」

「竪川沿いの南本所瓦町です。竪川と南十間川が交叉しているあたりの裏店ですよ。狐が出そうな場所でしてね。裏手に広がるのは、亀戸村の田畑。よくもまあ、あんな辺鄙なところに住めるものですよ」

顔をしかめて、大仰に身震いしてみせる。無理もない。〈船津屋〉があるのは、江戸の中でも特に賑わいをみせる日本橋馬喰町だ。緑豊かな亀戸村の風景を思い浮かべるだけで、物悲しい気持ちになるかもしれない。しかし、くどくどと同じ文言を繰り返されるのはたまらなかった。

「では、これからすぐに参ります」

隼之助は立ちあがる。

「お、そうですか。くれぐれもお願いしますよ。なんとかして、伜をここに連れ戻してください」

庄助も腰を浮かせた。口調は軽かったが、やけに真剣な表情をしている。物言いたげに揺れる眼差しにも、意味ありげな含みが感じられた。

「他にもなにかありますか」

小声で促したが、慌て気味に首を振る。

「いや、あとは〈だるまや〉さんに、おまかせします。伜との話は、逐一、教えてくださいよ」

一両も出したんだ、見合った働きはしてもらいますよ。と言いたげだった。

「畏まりました。失礼いたします」

廊下に出て、もう一度、丁重に頭をさげる。使いの役目をした番頭が、廊下の拭き掃除に取り組んでいた。他の奉公人はひとりも姿を見せない。台所の方にも人の気配は感じられない。やはり、主と番頭の二人だけで切り盛りしているのかもしれなかった。

――この臭いは。

階段の下に来たとき、不意に異質な臭いをとらえた。とはいえ、ここは公事宿。刃傷騒ぎが起きることもあるのかもしれない。

「宜しくお願いしますよ」

背中にかけられた庄助の呼びかけに、会釈を返して、隼之助は見世を出る。外で待っていた将右衛門が近づいて来た。お庭番のひとりもいたが、離れた場所で見守っている。何人かが常に張りついて、隼之助の護衛役や連絡役を担っていた。

「次はどこじゃ」

将右衛門が訊いた。

「南本所瓦町だ。竪川と南十間川が、交叉するあたりよ」

「遠いのう」

将右衛門は呟いたが、すぐに言い添えた。

「なれど、ときは四月、天気は快晴じゃ。ぶらぶら歩きと思えば、男二人の道行きも悪くないか」

青い空を見あげる横顔は、実に満足そうだった。隼之助はつい、にやりとしている。

「なんじゃ、今の笑いは」

将右衛門が咎めるように訊いた。

「いや、将右衛門はわかりやすい男だと思うただけよ。昨夜は女房殿と熱いひとときを過ごせた様子。大急ぎで戻った甲斐があったではないか」

「まあ、な」

つるりと顎を撫でて、将右衛門は歩き出した。隼之助も隣に並ぶ。不可解な表情の変化を見て、また問いかけた。

「どうかしたのか」

「三人目じゃ」

「なに？」

「赤児よ。できてしもうたわい」

腹がふくれる仕草をして、はあーっと大きな吐息をついた。

「二番目はまだ乳飲み子じゃというに、早くも三人目じゃ。これでまた金がかかると思うと同時に、開き直った次第よ。少なくともだ、また身籠もるやもしれぬと、やきもきせずともようなったではないか。しばらくは思う存分、女房殿と励めそうじゃわい」

　なかばやけにしか聞こえなかった。大男ゆえ老けて見えるが、将右衛門はまだ二十四。隼之助や雪也とは、二歳しか違わない。今でも充分すぎるほどに若い父親だが、年明けにはさらに三人目となれば、隼之助も複雑な思いがした。

「ほしいと思う家には授からず、要らぬと思うておる家には、ぽろぽろと犬の仔のように生まれるな」

「わしは犬か」

「すまぬ」

「まあ、よいわ。当たらずとも遠からずやもしれぬ。犬は飼い主を見つければ、食うには困らぬからの。わしも木藤家という、主を見つけられたお陰で、どうにか糊口を凌いでおる。少々、悪態をつかれたぐらいで腹をたててはいられぬわい」

　そう言いつつ、気分を害しているのがわかった。二人はかなりの早足で両国橋に向かっている。行き交う人々にぶつからないよう、気をつけながら隼之助は言った。

「すまぬと言うたではないか。広小路近くで飯屋にでも入るか」

「機嫌が悪いのは、腹が減っているせいとでも思うたか。お頭様にしては、単純な考えよの。残念ながら外れじゃ。雪也のことよ」

「なにかあったのか」

さっと緊張する。雪也は昨夜、お宇良の家に行ったきりだった。朝餉のときに将右衛門が来たため、そのまま〈船津屋〉に向かったのである。

「わしは隼之助にこそ訊ねたい。雪也がちとおかしいのではないか、と思うようなことはなかったか」

逆に問いかけを返された。

「これといったことは」

答えの途中で、雪也の妹、佳乃の白い貌がよぎる。西の丸の納戸頭から見合いの話がきているが、佳乃の胸にあるのは隼之助。答えの出ない話を持ちかけられて、戸惑うばかりだったのを思い出していた。

とはいえ、雪也の苦悩の理由は、佳乃の祝言ではないだろう。

「お宇良さんと男女の仲になったことについては、いくらなんでもと思うたが」

もうひとつ気になった事柄を口にする。

「これまた外れよ。今日は勘働きが悪いようだの。おきちじゃ。五目の師匠に、新しい男妾ができての。雪也はお払い箱になったのよ。こたえたらしゅうてのう。口には出さなんだが、黙々と剣術の稽古に励む姿に、苦悩が表れているように思えなくもない」

二人は話しながら両国橋を渡り始めた。

五目の師匠とは、三味線だけでなく、踊りや小唄となんでもござれの師匠という意味である。おきちは大店の主の世話になっているらしいが、主は言うまでもなく別格の存在。男妾としての座を奪われた衝撃は、意外なほど大きいのかもしれなかった。

「おれにはなにも言わぬ」

不満が口をついて出る。

「水くさいではないか、親友だと思うておるのに」

「気遣うておるのじゃ。おぬしは、今、大変なときではないか。弥一郎殿は行方知れずのうえ、配下たちは吉五郎の仇討ちを密かに誓っておる様子。ゆえに、よけいな話を耳にいれてはなるまいと、考えたに相違ない」

「わからぬではないが」

「かような話をする雰囲気ではなかったわい。それとも隼之助は、男妾の座を追われた雪也の、なさけない話を聞きたかったのか」

「いや」

頭を振って、隼之助は、思わず空を仰いだ。

「女子の強さに、男はたじろぐばかりだな」

「然り。われらは大仏の掌で右往左往するのがせいぜいよ」

将右衛門の呟きには、実感がこもっている。苦笑いして、両国橋を渡り終えた。これから訪ねる銀次郎はどうだろう。裏店の暮らしを嘆き、早く父親からの迎えが来ないかと、待ち侘びているのではないだろうか。

――弥一郎殿も、だろうか。

隼之助は、我知らず、両国橋の東広小路に目を配っている。見世物小屋や屋台が連なる場所の誘惑を避けるように、二人はいっそう早足になっていた。

二

「見世には戻りません」

そう言ったのは、庄助の女房、松代だった。年は亭主と同じぐらいで四十なかば、化粧っけのない顔だったが、両目にあふれんばかりの力がみなぎっている。身体も引き締まり、気力が充実しているのが見て取れた。体質診断が癖の隼之助だったが、珍しく悪いことが浮かばない。

——強いて言うならば、気滞か。

肝の動きが乱れて、気が滞ることだが、それとてさほどひどいものではなかった。気をつけなければならないのは、働きすぎることかもしれない。隼之助の家と変わらない九尺二間の溝板長屋だが、松代の家は畳も入れ替えられており、真新しい畳の香りが清々しいほどだった。

「失礼ですが、銀次郎さんはどちらに？」

隼之助は土間に立ったまま、松代のほかには人のいない家を見やった。初対面の若い男に対して、あきらかに強い警戒心をいだいている。庄助よりずっと、まともな女であるように見えた。

「薬の振り売りに出ております。武州や野州といった場所に、商いに出かけているのです。出ると十日は戻りません。見てのとおりの貧乏所帯、稼いでもらわないことには、食べていけませんから」

と、松代は顎で座敷を指した。片隅に積みあげられた布団は、隠す衝立を買えないのだろう、いやでも目に入る。正直な生き様を見たようで、隼之助は好感を持った。

もしかすると、〈船津屋〉の主が戻ってほしいのは、倅よりも、この御内儀なのではないだろうか。

ふとそう思った。庄助の真剣な表情と、物言いたげに揺れる眼差しが甦っていた。

〝くれぐれもお願いしますよ。なんとかして、伜をここに連れ戻してください〟

伜を連れ戻せば、女房も戻らざるをえなくなる。思惑がらみの頼み事ゆえ、意味ありげな含みになったのではあるまいか。

「銀次郎さんは、身体をこわしたと伺いました。大丈夫なのですか」

心からの言葉が出た。張り詰めていた松代の表情が、わずかにゆるむ。

「お陰さまで、なんとか恢復いたしました」

「それはなによりでございました。もしや、銀次郎さんが床に就いている間の糧は、ご亭主が助けてくだすったのですか」

「まさか」

松代は一蹴した。

「〈船津屋〉の蔵には、一銭もございません。お金がなければ、せめて、見舞いにだけでも来ればいいのに、それさえいたしません。とにかく、あの人は、金、金、金。お金がすべてでございますので」

「では、薬代などはどうやって用立てたのですか」

二度目の問いかけには、多少、好奇心が加わっている。切り盛りの上手そうな松代の人柄に興味を持っていた。

「子守や洗濯をさせていただきました。江戸という町は、働きさえすれば、なんとか食べていける町です。食べられないのは怠けるからですよ。やくざや遊び人、そして、山師にとっては、住めば都とはいかないでしょうね」

手厳しい言葉が出る。遠まわしに、夫の庄助を非難しているように思えた。やくざではないが、遊び人と山師はあてはまるかもしれない。

「ですが〈船津屋〉さんは『くれぐれもお願いしますよ。なんとかして、倅をここに連れ戻してください』と、仰いました。今までは色々あったかもしれませんが、すべて片付いたのではないでしょうか。そのうえで、てまえを呼んだのではないでしょうか」

「よく言えるものですね。見世はとうの昔に、借金のカタですよ。先程も申しましたように、お金はありません。女遊びはともかくも、とにかく儲け話に目がない人でしてね。騙りまがいの話を信じては、何十両も注ぎこむ始末。積もり積もった借金が、さて、どれほどあるのか、わたしにもわかりません。わかるのは、見世にあるのは借金だけだということです」

借金を繰り返した後、ちらりと、松代は目をあげる。

「壱太さんでしたか。物好きですねえ。再生屋と言っていましたが、一銭にもならない話をよく引き受けたものですよ」

「いいえ、前金をいただいております」

「え？」

松代は訝しげに眉を寄せた。探るような目を向けた後、

「本当ですか」

確かめるように訊いた。

「はい」

隼之助は一両を出して、見せる。

「まあ、まあああまあ、一両！」

大声をあげて、目を剝いた。

「よくまだ小判を持っていたものですね。それともまた怪しげな商いに手を出したのでしょうか。今度はだれかを騙して、掠め取ったのかもしれませんよ。近頃では、そういう悪事も働くようになっていましたから」

辛辣だったが、このうえなく率直でもあった。もっとも隼之助が、馬鹿正直に一両を出したからかもしれない。

「それにしても」

目に目を合わせて、続ける。

「一両をそうやって見せるなんて、壱太さんは、人が好いというかなんというか」

「御内儀さんの真似をしただけです。人は人を映す鏡。正直な方には、こちらも正直な気持ちを返します」

「そうですか」

ここでようやく、松代の警戒心がとけた。

「楽して稼ぐことしか、考えていないんですよ、うちの人は。なんの苦労もしないで、見世を継ぎましたからね。商いのことがまるでわかっていないんです」

問わず語りの言葉が出る。

「小豆相場、米相場、はては御家人株を買って武士になるなんて、わけのわからないことまで言い出して。馬喰町と言えば、江戸の一等地ですよ。あんないい場所で旅籠を営めるのが、どれほど幸せなことなのか。生まれたときから旅籠の若旦那だった人には、とうてい理解できないんでしょうねえ」

「御内儀さんは、江戸の方ではないんですか」

立ち入りすぎたかと思ったが、

「違います」

松代はあっさり答えた。

「在所は雪深い信州の山奥でしてね。口減らしで江戸に奉公へ出たんです。馬喰町の他の旅籠で働いていたとき、亡くなられた大旦那（おおだんな）さんに見込まれまして」

是非、倅の嫁にと請（こ）われて、松代は〈船津屋〉の女将になった。何度も見世を失いかけたが、その都度、親戚（しんせき）筋に頭をさげて、身代を手放さずにきた。

「大旦那さんを看取（みと）るまではと決めていたんです。御恩がありますからね。なんの才もない田舎者を、旅籠の女将に鍛えあげてくだすったのは、大旦那さんですから」

父親が死んだ後も、庄助は相変わらず、山師の気質が治らない。今度こそ、と、押し切って、手を出した小豆相場で見世を失った。

「心が折れました」

ぽつりと言った。

「おまけに、女まで安囲（やすがこ）いしてたんですよ。本当に腹がたちましたね。まともにちゃんと手当てを出して、囲うならばともかくも、安囲いですよ、わかりますか、安囲い」

これまた繰り返したのが可笑（おか）しくて、噴き出しそうになったが、こらえた。強く伝えたいことを繰り返すのが、癖なのかもしれない。

「はい。何人かの男で、ひとりの愛妾を囲うことですね」

「そうなんです。なさけないでしょう、女に大金は出したくないけど、女房以外の女はほしい、とまあ、そんなところでしょうか。男としてろくな器量もないくせに、考えることだけは大店の主並み。見世の格に、あの人の格がついていっていないんです。わたしはもう疲れてしまって」

松代は、乱れていた髪を掻きあげる。今は疲れていないと、無意識のうちに訴えたのかもしれない。どうということのない仕草だったが、妙な色気を覚えた。

――おれも将右衛門を笑えぬか。

しっかり者の女房に、波留を重ねていた。逢いたい気持ちをずっと抑えている。ともすれば、白いうなじに向きかける目を、松代の目にあてた。

「それではどうしますか。ご亭主には、戻らないと、お伝えして宜しいですか」

「ええ」

躊躇いなく答えた。

「ですが、銀次郎さんの考えは……」

「同じです。わたしに付いて来たのが、あの子の答えだと思っています」

言葉を切って、もう一度、目をあげた。

「ひとつ、お願いがあるんですけれど」

「なんでしょうか」

「先程、〈だるまや〉は、見世を立て直す再生屋だと仰いましたね」

挨拶した折、ひととおり、口上を述べている。

「はい」

「裏店でやれるような小商いは、ないでしょうか。正直に言いますが、元手はほとんどありません。できれば元手なしでやれるような商いはありませんか」

だれもが考えることであり、ゆえに、むずかしい頼み事といえた。かつまた本当は母子ともども〈船津屋〉に戻って、旅籠を立て直す方がいいに決まっている。

「申し訳ありません。すぐには浮かびませんが、思いつきましたら、また参ります。それで宜しいですか」

「もちろんですとも。うちの人に言ってください。見世を明け渡せば、借金は綺麗になくなります。夢ばかり見ていないで、早くここにおいでなさい、と」

「お伝えいたします」

きつい言葉を口にしたが、離縁する気はないらしい。夫婦がもとの鞘に収まり、

〈船津屋〉が大繁盛となるのが、庄助と銀次郎の理想の形かもしれなかった。

——まだ希望はあるな。

夫婦の明日を立て直すのも、再生屋の仕事かもしれないと思った。

三

「次は、わしが案内して進ぜよう」

裏店の木戸で待っていた将右衛門が、先にたって歩き出した。河岸沿いの道には、菖蒲(しょうぶ)の花が咲き誇っている。南十間川に架かる小さな橋の川端には、紫陽花(あじさい)の蕾(つぼみ)が花開くそのときを待っていた。

「案内するのは飯屋か」

前を歩く将右衛門の背に声をかける。

「そんなところよ」

「おれも様子を見に行きたい見世がある」

「なんじゃ、読まれてしもうたか」

舌打ちして、将右衛門は振り向いた。

「ご明察よ。ここまで来たら、不義理はできまい。〈ひらの〉に顔を出すのが、よかろうと思うてな。おぬしが話をしている間に、その旨、伝えてきた。余り物でいいゆえ、飯を食わせてほしいとも言うておいたわい」

「そうか」

自然に足が速くなる。

〈ひらの〉は居酒屋だったのだが、隼之助の提案で早朝は飯屋、夜には『花魁茶漬』を売りにして、近隣の客を招びこんでいた。時々、さりげなく様子を見に行っているのだが、恩着せがましくなるのがいやで、特に挨拶はしていない。ひと月以上前の手助けだったが、若夫婦はどうしているだろうか。

「ごめん」

将右衛門に続いて、隼之助は小さな見世に入る。

「おひさしぶりです」

「壱太さん」

女将のおみつが、満面の笑みで出迎えた。

「おまえさん、〈だるまや〉さんですよ」

台所に向かって呼びかける姿には、ゆるぎない信頼が漂っていた。ひょこっと台所から若い亭主が顔を覗かせる。

「いらっしゃい。お待ちしていました」

彦市もまた居酒屋の主ぶりが板についていた。過日、姐さん女房のおみつに、やんわりと窘められているところも、隼之助は密かに見ている。わざわざ顔を出す必要はなかったのだが、明るい笑顔を見せる二人に逢うのは悪くない。

「忙しいのに、すみません」

隼之助の挨拶に、おみつは、目がなくなりそうなほどの笑みを返した。

「遠慮しないでくださいな。壱太さんが考えた〈花魁茶漬〉は大人気です。夕方から商いを始めて、そのまま朝まで続けた後、野菜を売りに来るお百姓さんや、それを買いに来るお客相手に、朝飯屋をやっているんです」

「お陰で寝る暇もありません。尻を叩かれています。昼間、二刻（四時間）ほど横になるのがやっとですよ」

と続けた彦市も嬉しそうだった。

「なにもかも壱太さんのお陰です。さあさあ、どうぞ。奥に座ってください。すぐに膳を用意いたしますよ」

おみつが示した小あがりに、隼之助と将右衛門は腰を落ち着ける。〈だるまや〉として礼金はもらっていないが、翳(かげ)りない笑顔がなによりの喜びだった。

「将右衛門にしては、気の利(き)いたはからいだな」

いつもの軽口が出る。

「にしては、は要らぬ。素直に礼を言えぬそれが、隼之助の礼と受け止めておこう」

将右衛門も上機嫌だった。

「いかがですか、一杯」

彦市が銚子を運んで来た。父親が酒問屋を営んでいるため、上等の酒を扱っている。仕入れ値を抑えるべく、質を落としていたが、それでも近隣の居酒屋から見れば、悪くない酒だった。

ごくりと唾(つば)を飲んだものの、大男は小さく首を振る。

「まだ昼ゆえ、やめておくのがよかろうな」

「では、お茶をお持ちします」

「すみません」

隼之助の言葉を、将右衛門が継いだ。

「新しい友は、剣のために酒も煙草(たばこ)もやらぬ。腕前は遠く及ばぬが、せめて、昼酒ぐらいは控えねばの」

口ではそう言いながらも、未練たらしく、彦市がさげる銚子を目で追っていた。新しい友とは、野太刀自顕流の遣い手、香坂伊三郎のことだ。二十一の若き剣客は、肝が冷えるほどの凄まじい技を見せる。盟友たちが刺激を受けて、我が身を慎むのはありがたいことといえた。

隼之助の表情を読んだのだろう、

「皮肉屋の古い友よ。言いたいことがあるなら申せ」

将右衛門が促した。

「特にない。が、伊三郎殿の剣一筋という生き方に、触発されるのは重畳だと思うた次第よ」

「近頃は、一筋とばかりも言えぬようだがの」

ゆがめた唇の意味に、隼之助は気づいている。

「三郷殿か」

美しいお庭番の女が脳裏に浮かんだ。村垣三郷は、隼之助が暮らす〈達磨店〉に、兄妹という触れ込みで才蔵と住んでいる。多聞は隼之助に娶せるつもりだったらしいが、波留以外に考えられないとつっぱねていた。

その三郷に、伊三郎がひと目惚れしたのである。

「三のつく名前同士というのも、なにやら因縁めいているではないか。女子のことには疎いらしゅうてな。簪を贈りたいなどと言うて、雪也に見立ててもろうていたわ。はてさて、三郷殿の方はどう出るか」

「おれとしては、伊三郎殿を応援したいが」

「『が』のつくその理由はなんじゃ」

「伊三郎殿は」

隼之助は逡巡して、やめた。

「言わぬが花やもしれぬ」

「途中でやめるのは卑怯なり。わしは似合いだと思うがの。剣一筋の男は、女子にも一筋であろう。ああいう男に惚れられた三郷殿は果報者よ」

「然り」

話を合わせた。

「とはいえ、人の恋路について、あれこれ話をしている暇はない。おぬしと雪也に頼みがあるのだが」

「またしても語尾に『が』をつけたか。われらの間で遠慮は無用。なんなりと申せ」

「〈船津屋〉のことだ。どうやら主の庄助さんが、見世を担保にして注ぎこんだらしゅうてな。見世は借金のカタにとられているとか。倅の銀次郎さんを連れ戻してほしいという依頼なのだが、実際は女房の松代さんを連れ戻したいのではないかと、おれは考えておる。ちと身辺を調べてはくれぬか」

「お安い御用じゃ。雪也と交代で、あたってみるとしようかの」

「再生屋は、いったん休業した方がいいのやもしれぬが」

「またまた『が』の字か。四角四面に考えることはあるまい。頼みたいと言う者がいる限り、続けるべきではあるまいか」

「なれど、中には利用する輩もいるからな」

借金があるにもかかわらず、いまだに見世を明け渡していないのが引っかかっていた。鬼役に敵対する者、あるいは隙あらばと鬼役の座を狙っている膳之五家のどこかが、動いたのかもしれない。〈船津屋〉の借金を肩代わりして、壱太、つまり、隼之助の情報を引き出そうとしている可能性もあった。

「〈船津屋〉がそうだと言うのか」

声が大きくなった将右衛門を仕草で窘める。

「わからぬ。おれは後ろに、だれかがいるのではないかと……」

彦市が茶を運んで来たため、会話を中断させた。膳に湯飲みを置いたものの、立ち

去ろうとはしない。隼之助が問いかけの眼差しを向けると、

「実は」

と、切り出した。

「三日ほど前だと思うのですが、お侍が見えまして、ここは壱太が手伝うた見世かと訊ねられたのです」

「はて、侍とな」

将右衛門は首を傾げたが、隼之助は閃くものがあった。

「名を訊きましたか」

早口で問い返した。

「いえ、てまえは商人ですので、こちらからお訊ねするのは憚られました。月代は伸び放題、不精髭を生やして、着物や袴も汚れていましたが、なんと申しますか、お若いながらも隠しきれない品のようなものがございまして」

「弥一郎殿だ」

隼之助は言った。思わず腰を浮かせていた。

「落ち着け」

将右衛門は肩を押さえて、問いかける。

「その侍とは、どんな話をしたのじゃ」

「壱太さんが手助けしてくれたと言いました。ありがたく思っている、なにかあったときには、今度はてまえどもが壱太さんを助けたい、とも」

「なるほど」

「またその侍が来たときには、知らせてください」

隼之助は懇願するように告げていた。弥一郎が二度と来ないことは、心のどこかでわかっていた。それでも言わずにはいられなかった。

「気づかれないように、使いを寄越してください。知っていると思いますが、日本橋橘町の〈達磨店〉です」

「わかりました。あ、すぐに支度をいたしますので」

彦市が台所に戻ると、将右衛門が口を開いた。

「弥一郎殿だとすれば、どういうつもりなのであろうな。隼之助が現れるやもしれぬと思い、網を張っていたのか。小石川の屋敷周辺は、お庭番の守りが固いゆえ」

さりげなく闇討ちをにおわせる。

「真意は弥一郎殿にしかわかるまい。されど、江戸にいるのは間違いなさそうだ」

「三日ほど前と言うていたではないか。発つ前に、立ち寄ったのやもしれぬぞ」

そうであってほしいという、祈りにも似た友の推測を、隼之助は即座に打ち消した。

「いや。戻って来たように思えてならぬ。一度、離れたやもしれぬがな。今は母御の知己のもとにいるのではあるまいか」

「ついでにそこで剣術の稽古に励んでおる、か」

戸の開く音と同時に、将右衛門は、座敷から首を伸ばした。

「おう、来たわい。ここじゃ、ここじゃ」

草履を履き、立ちあがる。遅れて顔を突き出した隼之助は、戸口に立つ愛しい女子の姿を見た。

四

「波留殿」

慌てて、土間に降りた。頬を染めて会釈した波留の後ろには、雪也が立っている。

盟友たちの粋なはからいに、目の奥がじんと熱くなった。

「雪也、将右衛門」

「驚いたか。お宇良さんの男妾を務めているのではないかと、思うていたのだろうがな。あにはからんや、わたしは波留殿を迎えに行っていたのよ」

　雪也の言葉に、将右衛門が続いた。

「水入らずとはいかぬがの。われらはおとなしゅう控えておるゆえ、ゆるりと話をするがよい」

「すまぬ」

　小あがりに戻った隼之助に倣(なら)い、波留も向かい側に腰をおろした。日毎夜毎(ひごとよごと)、夢に見る光景が、今、現実となっている。気の利いたことを言おうと思えば思うほど、なにも浮かばなかった。

　波留の、名前どおりに穏やかな微笑を目にするだけで満足だった。藍(あい)色の袷(あわせ)を爽(さわ)やかに着こなしている。

　――やはり、おれの妻はこの女(ひと)しかおらぬ。

　あらためてそう思ったが、いきなり口にできるわけもなかった。

「少しは落ち着かれたか」

　あたりさわりのない挨拶を告げた。水嶋家も波留の姉、奈津の死という、御家騒動の渦中にある。隼之助との祝言は、いったん流れたものの、水嶋福右衛門から持ちかけられた『隼之助の婿入り話』によって、宙に浮いた状態になっていた。

「はい。何度も木藤様がお見えになりまして、ご焼香をしていただきました」

「父上が？」

驚いて訊き返した。

「はい。つい先日もお見えになりました。父と一刻（二時間）ほど、話しておられましたが、なにを話されたのかまではわかりませぬ」

「そうか。父上は、水嶋殿と会うておられるのか」

淡い希望が湧いた。もしかすると、と思った。多聞は隼之助と波留の祝言を、取り決めようとしているのではないか。波留でなければいやだ、他の女子は妻にできませぬ。さんざんごねたあれに負けて、密かに話を進めているのでは……。

――期待しすぎるな。

己を厳しく諫めた。あくまでも木藤家の嫡男は、弥一郎。妙な噂が飛び交っているとしても、事実を変えられるわけではない。じきに弥一郎は戻り、実家に帰っていた妻女も戻る。武家とはそういうものだ。

「侍も町人同様、他家の噂話が、よほど好きだと見ゆる。おもしろおかしく吹聴されているやもしれぬが、波留殿は耳を貸さぬことだ。木藤家の次の主は、弥一郎殿よ。わたしは庶子ゆえ、跡は継げぬ」

自分に言い聞かせるような言葉になっていた。

「承知いたしております。わたくしの気持ちは変わりません。隼之助様にどこまでも付いて参ります」

俯いて、いっそう頰を朱に染める。つい微笑を浮かべたが、盟友たちに「鼻の下をのばしおって」と揶揄されたように思い、戸口の方を見やった。そんな動きを感じたのか、俯いていた波留が顔をあげる。

「あの……父が、弥一郎様をお見かけしたと」

躊躇いがちに言った。

「場所は？」

「一石橋と聞きました。ずいぶん荒んだ様子だったとか。はじめはわからなかったそうです。通り過ぎた後で『おや？』と思うた由。かように面変わりするとは、父も意外だったのでしょう。『あの弥一郎殿が』と、繰り返しておりました」

「その話を父には」

「お伝えしていないと思います。見間違いだったやもしれぬ、と、自信がないようでございましたから」

「やはり、江戸におられるようだな」

隼之助の呟きを、波留は的確に読み取る。

「他にもご覧になられた方が、おいでになるのですね」

「うむ」

彦市に続き、水嶋福右衛門は、一石橋で弥一郎らしき男を見かけた。どちらも隼之助に関わりのある場所だ。

「波留殿も知ってのとおり、一石橋は、わたしが初めて潜入した〈山科屋〉が塩問屋を営んでいたところだ。弥一郎殿は、鬼役の動きをつかもうとしているのやもしれぬ」

「もしや、ここにも？」

と、波留は声をひそめた。盟友たちと同じように、勘働きがいいのは助かる。

「来たようだ」

「なぜ、番町のお屋敷にお戻りなされぬのでしょうか」

「さあて、それは」

流石に躊躇した。森岡勘十郎が実の父かもしれないという話は、あくまでも憶測の域を出ていない。多聞の口から直接、聞いた話でなければ、たとえ波留であろうとも教えられなかった。

「色々と事情がおありなのですね」

「さよう。複雑な事情がある」

「なれど」

波留は、なにかを言いかけて、呑みこんだ。ついと目を逸らした。いつも隼之助がやることだったが、盟友たちであればともかくも、波留に思わせぶりな態度を取られるのはいやだった。

「言うてくれぬか。途中でやめられるのは気分が悪い」

「弥一郎様のことです。これはわたくしの考えですが、多くを求めすぎているのではないかと思いまして」

意を決したように、真っ直ぐ見つめている。曖昧な表現だったが、以心伝心、隼之助には充分すぎるほどに伝わった。

「父上は、おれと弥一郎殿を同じように扱った、か」

「はい。慶次郎様はご三男でございますゆえ、同格に扱わぬのは当然でございます。なれど、隼之助様と弥一郎様に対して、木藤様は分け隔てなく接しておられました。日本中を旅していたあれは、此度の御役目に必要な学びの場だったのでございましょう。隼之助様は最後までやり遂げ、弥一郎様は途中で投げ出しました。どこかに甘えがあったのだと思います」

手厳しい言葉だったが、ある程度は言い当てていた。多聞は公平だと、隼之助も思っていた。この短刀を渡されるまでは……。

懐から取り出した短刀を見て、波留は小さな声をあげる。

「まあ、なんと美しい短刀なのでしょう」

七寸（約二十一センチ）足らずの短刀は、古い時代には腰刀として用いられていた品かもしれない。柄の部分に昇り龍が絡みつくような意匠が施されている。青貝でも嵌めこんであるのか、龍の両目は独特の輝きを放っていた。

「青龍は、木藤家の隠し紋でございますね」

波留は膳之五家の女らしい問いかけを発した。

「いかにもこれは木藤家の隠し紋よ」

あらためて短刀の意味を考えている。多聞は公平ではなかったのではないか。この短刀を渡した時点で、隼之助を跡継ぎにと、定めていたのではないだろうか。

「隼之助様。その短刀がなにか？」

「いや、なんでもない。わたしがこの短刀を持っていることを、お父上には知らせないでほしいのだが」

「承知いたしました。申しませぬ」

「先程の話に戻そう」

と、短刀を懐に戻した。

「以前、伊三郎殿にも、波留殿と同じことを言われた。『同じように育てたと、木藤様は言うておられた』とな」

「ええ、みな同じことを言うと思います。父もそうだと思います」

必要以上に力がこもっていた。隼之助の憂悶（ゆうもん）を、なんとかして取り除こうとしていた。伊三郎については、他にも幾つか気になる事柄があった。

「あれは、いつだったか。さよう、わたしが弥一郎殿に打たれた後だったやもしれぬ。お庭番たちが密かに、番町の屋敷に忍びこんだことがあるのだ」

鈍い女ではない。

「それは、もしや」

波留は驚きに目を見ひらいた。無言で頷（うなず）き返せば、話は通じる。あのとき、お庭番たちは間違いなく、弥一郎の暗殺を企てていた。おそらくそれを察したのだろう、香坂伊三郎は、いち早く番町の屋敷に行き、弥一郎を守ったのである。

「番町の屋敷でな、伊三郎殿は、突然、居合いの技を使（つこ）うた」

〝して、なにを斬られた〟

不審げに問いかけた弥一郎に、

〝絆でござる〟

伊三郎はそう答えた。

「絆を切れ、と、わたしに告げたのやもしれぬ」

途切れ途切れの呟きだったが、よけいな説明は要らなかった。

「香坂様が仰るとおりだと思います。弥一郎様は逃げてしまいました。番町の屋敷に留まって、当主らしく始末をつけるべきでした。かような噂話が流れても、素知らぬ顔でやり過ごせばよかったのです。それができぬことには、鬼役は務まりませぬゆえ」

波留の堂々とした態度に、隼之助は眩しさを覚えた。奈津を喪ったからだろうか。跡取り娘としての自覚が芽生えたように見えた。

「そのとおりとしか言えぬ。男は女子よりも、大人になるのが遅いのやもしれぬな。気をつけぬと、わたしも置いてけ堀に投げこまれそうだ」

「初めて聞きました。置いてけ堀というのは、だらしのない男を放りこむための堀なのですか」

真顔で訊き返されてしまい、答えに窮した。

置いてけ堀は、本所七不思議のひとつである。魚がよく釣れる堀が亀戸村にあるのだが、たくさん釣ると、どこからともなく「置いてけ、置いてけ」という妖(あやかし)の声がひびくとされていた。

「いや、置いてきぼりにされてはたまらぬと思うた瞬間、語呂合わせに浮かんだだけよ。されど当たらずとも遠からずやもしれぬ。置いてきぼりを味わわされた子の方が、案外、逞(たくま)しくなるのではなかろうか」

隼之助は、我が身と慶次郎を重ね合わせている。弥一郎に置いていかれて、悔し涙を流した慶次郎。隼之助は、父に置いていかれたくなくて、懸命にあとを追い続けてきた。いや、今も追い続けている。

「仰るとおりかもしれませんね」

波留は微笑(ほほえ)みながら頷いた。

「〈だるまや〉の話もお聞かせくださいませ。此度の頼み事は、どのようなものなのですか。わたくしたちは再生屋として、生計をたてていく道を進むことになるやもしれませぬ。教えてくださいませ」

「これから調べるのだが」

前置きして、隼之助は告げた。女遊びに現をぬかしながら、小豆相場や米相場に、手を出したと思われる主の庄助。借金のカタに取られた見世に、居続けるのは意地ゆえか。さっさと見切った女房の松代は、元手要らずの小商いを望んでいる。

「倅が薬の行商をやっているとか。身体が弱いと聞いた。母親にしてみれば、早く辞めさせたいのだろう」

「わかりました。すぐには浮かばぬやもしれませぬが、心に留めておきます。道すがら殿岡様に伺いましたが、こちらのお見世の商いは、とてもうまくいっているとか。少しずつ〈だるまや〉のことが、広まるといいのですけれど」

「隼之助」

戸口近くにいた雪也が呼んだ。開けた戸の向こうで、才蔵が小さく会釈する。新しい潜入先の話かもしれない。波留を置いて土間に降りたが、

「波留様も一緒にという仰せです」

才蔵が言った。

「なに？」

波留と顔を見合わせる。

「一石橋の〈蒼井屋〉です」

噂をすれば一石橋だ。

隼之助は波留をともなって〈ひらの〉を出た。

五

一石橋は、日本橋の西二丁のところにあり、御堀を臨んで日本橋川に架かっている。橋の上に立って四顧すれば、日本橋、江戸橋、呉服橋、銭瓶橋、道三橋、常盤橋、鍛冶橋が見渡せることから、八橋、あるいは八ツ見橋とも呼ばれていた。水の便がよいため、廻船問屋や船宿が多い。

波留と一緒に着いたときには、すでに陽が落ちていた。灯された大きな提灯に、誇らしげな〈蒼井屋〉の屋号が浮かびあがっている。

「おいでなされませ」

主の猿橋千次郎が、帳場で出迎えた。四十前後の男は、流刑された塩問屋〈山科屋〉の主ではない。もとは幕府の勘定頭を務めていた幕臣なのである。

そう、〈蒼井屋〉は、天下商人の一番手なのだった。

侍と商人の戦を、有利に働かせるための出城として、まず手始めに塩問屋を手中に収めた。二番目に狙った砂糖を扱う薬種問屋は、饅頭屋〈相生堂〉を侍方に引き入れることで、間接的に繋がりを持ち、圧力をかけている。三番目の酒問屋〈笠松屋〉は、福岡藩の御用商人だったが、寝返って天下商人の後ろ盾を得ていた。

後ろ盾とは、大御所家斉。

西の丸に隠居した形を取っているものの、事実上の支配者であることに変わりはない。

〝商人は謀叛を企んでおるのじゃ〟

多聞の話が甦っている。

〝仕掛けたのは、商人の方が先よ。憶えているであろう、昨年、西の丸が火に包まれた大騒ぎを。あれはやつらの仕業じゃ。まずは大御所様を血祭りにあげ、次に公方様と考えたに相違ない〟

敵は商人、そして、商人の後ろにいるのは大大名家の薩摩藩。塩、砂糖、酒と、目立たぬように、幕府は商人の利益を手に入れるべく、鬼役の尻を叩いている――。

「先程より、お待ちでございます」

よけいな話をせずに、千次郎は立ちあがった。隼之助は足を洗い終えた波留を促して、帳場にあがる。雪也と将右衛門は土間に残ったが、才蔵は無言で付いて来た。

——知っていたな。

振り向きざま、盟友たちに目を投げた。おそらく段取りが整っていたに違いない。許せ、とでもいうように、二人は詫びる仕草をした。波留は隼之助と盟友たちを交互に見やっている。なにも知らされていなかったようだ。

無言のやりとりを察したのだろう、

「悪い話ではございません」

才蔵が奥座敷に続く廊下を手で示した。廊下の手前で立ち止まっていた千次郎が、ふたたび歩き始める。隼之助と波留、才蔵の順に、奥座敷へ向かった。

かつて〈山科屋〉だった家は、もとの主を忘れたかのような変貌ぶりを見せている。帳場だけでは足りないに違いない。幾つかの座敷には元勘定方が詰めて、帳簿の丁を繰っていた。

——隠居が、闇師の頭だったとはな。

驚いたことに〈山科屋〉の隠居に扮していた老人——金吾は、裏の仕事を請け負う闇師の頭だった。追い詰めたのだが、わずかのところで逃げられてしまい、苦い思いを味わわされている。数か月前の出来事なのに、何年も経っているように思えるのは、次々に大きな騒ぎが起きているからだろうか。

――さて、本日のお召しは、騒ぎに通じるものか否か。

醒めた見方をすることによって、自分を落ち着かせようとしていた。多聞に呑まれてはなるまいと、我知らず、気負っていた。中庭を挟んで向かい合った座敷には、惜しげなく提灯がともされている。無人の座敷もあったが、侵入者を警戒しているのかもしれない。通常は気持ちを明るくする行灯が、この家の場合、ざわつくような不安をもたらした。

「お越しあそばされました」

千次郎の、いささか大仰すぎる呼びかけに苦笑いする。上級旗本が来たわけではあるまいにと思ったが、

「…………」

隼之助は目を疑った。

二つの座敷を繋げてしつらえた広間には、膳之五家の当主夫婦が顔を揃えていた。多聞の横に座している花江が、早くも目頭を押さえている。感極まっていた。

上座に調えられているのは、昆布、鯛、小袖と帯、金銀の末広、鯣や鮑、酒樽といった品々である。間違いなく結納の支度だった。

左には木藤家、地坂家、火野家の三家、右には水嶋家と金井家の二家が控えている。

結納の品々に気づいたのか、波留が一瞬、隼之助の手を握りしめた。が、はしたないと思ったのかもしれない。握り返す前に放していた。一瞬ではあるものの、波留のぬくもりを感じられたのは大きな喜び。乱れていた心が、不思議に落ち着いた。

「いかがした。嬉(うれ)しさのあまり、声も出ぬか」

多聞の皮肉めいた言葉で、さらに緊張がとける。

「は。本日、かような席がもうけられるとは、思いませなんだゆえ」

「水嶋殿が快(こころよ)う受けてくだされての。わしは安堵した次第よ。されど、結納をかわす前に、ひとつ、儀式がある」

公の場に出ると、多聞は以前どおりの、精気あふれる顔つきになった。常に痛みはあるはずだが、強靭(きょうじん)な精神力で抑えているのだろう。あるいは痛みを感じなくなるのか。いずれにしても、ただ驚くばかりだった。

「ささ、どうぞ、お二人ともこちらへ」

千次郎に案内されて、二人は、広間に足を踏み入れた。隼之助は多聞の隣、波留は福右衛門の隣に座る。

――慶次郎殿。

いつの間にか、三男の慶次郎が、広間の片隅に座していた。罪人のような昏(くら)い目をしていた。多聞が呼んだに違いない。父の思惑が手に取るようにわかって、隼之助は複雑な気持ちになる。

——お元気な証(あかし)やもしれぬ。

無理に言い聞かせた。昔どおりの、冷たくて残酷な一面を見て安堵している反面、嫌悪感をいだいてもいる。いつまでも元気でいてほしいという想いは変わらない。が、できれば『らしくない』面が、地になればいいのにと、願いにも似た想いがある。

「本日は、木藤家と水嶋家のために、お集まりいただきましたこと、厚く御礼申しあげます」

多聞が立ちあがって、挨拶した。

「この場をお借りして申しあげます。過日、隼之助が手に入れた連判状は、血判入りの本物でござった」

次の言葉で、どよめきが走る。隼之助も初めて聞く話だった。潜入した福岡藩の藩邸から、運び出されかけた大甕(おおがめ)の中に隠されていた書状。油紙に包まれた書状の中身を確認することなく、多聞に渡していた。そのまま真っ直ぐ大御所、家斉に渡されたのだろうか。

「して、大御所様は、なんと仰せあそばされたのでござるか」

問いかけを投げたのは、水嶋福右衛門だった。連判状に記されていた大名や旗本は、即座に改易となるのがご政道であろう。大目付や目付はむろんのこと、鬼役も駆り出されるのは必至。四家も相応の負担を求められる。四家の主たちの目は真剣だった。

「『様子を見る』との仰せにござる」

多聞の言葉に、主たちは互いに窺うような視線を走らせる。大御所らしい曖昧な答えには、多くの命令がひそんでいた。連判状を利用して、大名や旗本を威嚇しようとしているのはあきらか。万が一、膳之五家のだれかが謀叛に関わっていた場合、手をひかざるをえなくなるだろう。

――戦わずして、勝ちを得る。

だれもが理想とする勝利をめざしているのか、反旗を翻すのを待っているのか。この機に邪魔者を始末しようと、家斉が密かに策をめぐらせていることも充分、考えられた。

「鬼役は今まで以上に、大御所様への忠誠をお誓い申す。かたがたにも、いっそうのお力添えをお願いいたしたく思います次第」

頭をさげた多聞に、主たちも座ったまま頭をさげた。

「では、隼之助」

腰をおろした父の目顔に従い、隼之助は上座に進み出る。雑用係として才蔵をはじめとするお庭番が姿を見せた。

六

「結納の膳合(ぜんあわせ)を始めまする」

あらためて多聞が告げた。

「我が木藤家を除く四家より、それぞれ例題が出されるのが習(なら)い。例題がなんであるかは、教え合(お)うてはならぬ旨、事前にお伝え申した。さらに、膳合と申すからには、隼之助の相手が必要となりまする」

よくとおる声で続けた。水嶋家が出題するとき、水嶋家は膳合には参加せずに、地坂家、火野家、金井家が参加する。同じように地坂家のときは、水嶋家、火野家、金井家が参加するというやり方だった。

「支度を調えよ。まずは水嶋家からの出題となる」

多聞の命で、お庭番たちが動いた。上座に座した隼之助の隣に、地坂家、火野家、金井家が列座する。運ばれて来た箱膳の上には、杯に入れたわずかな水状のものと、湯飲みに入れた口漱ぎ用の水が用意されていた。舌を調えるための水だが、それをする必要がないほどに、薄められているのは間違いない。

四家の前にそれぞれ膳が置かれた。驚いたことに、片隅に控えている慶次郎の前にも膳が運ばれた。膳合がいかにむずかしいかを、教えるには格好の場といえる。続いてお庭番から矢立と紙を渡された。隼之助の係は才蔵なのか、傍らに張りついていた。

「はじめ」

多聞の合図で、隼之助は杯を取る。水状のものを口に含んだ瞬間、甘さと旨味をともなうかすかな塩気を感じた。ほとんど同時に、眩い光が脳裏に広がる。雨や風を避け、丁寧に干された場面が浮かんでいた。

――天日干しの塩だな。

即座に悟った。才蔵が渡した紙に、『天日干しの塩』と記した。目の端にいやでも慶次郎の姿が入る。好奇心旺盛な十八の若者は、興味深げな眼差しを向けていた。昏さが消えていたので、隼之助は思わず安堵の吐息をつく。波留と目が合い、頷き返していた。

〝集中せよ〟

すかさず多聞が目顔で告げた。畏まって、記した紙片を才蔵に渡した。地坂家の主が立ちあがって、もとの席に戻る。次に例題を出すのは、地坂家。代わって、水嶋福右衛門が隣にきた。

「おてやわらかにお願いいたしまする」

耳もとに囁(ささや)いて座り直した。年明けに御城において、膳之五家を集めた正式な『膳合』が行われている。あのときは、あまりにも緊張しすぎて気分が悪くなるほどだったが、今は隼之助も主たちも、肩の力をぬいていた。

「こちらこそ、おてやわらかにお願いいたします」

答えて、次に運びこまれた膳に集中する。見た目は一番目の杯とまったく変わらない。だが、隼之助は杯を手に取ったとたん、独特の甘い薫りをとらえていた。確かめる意味で、水状のものを舌に載せる。

刹那(せつな)、とろけるような甘みが、喉から胃ノ腑までをも痺(しび)れさせた。妙なくせはいっさい感じられない。上品な後味が、舌にじんわりと残っている。

――やはり、砂糖だ。

極上品の台湾産と判断した。

〝交趾(ベトナム)産は之に継ぐとされています。南京・福建・寧波(ニンポー)などは又その次なり。ジャガタラ、阿蘭陀（オランダ）の砂糖は下等品ですよ。氷砂糖も台湾の品が最上とされています〟

二度目の潜入先、饅頭屋〈相生堂〉の番頭の言葉が甦っていた。この膳合は祝儀の意味もあるのではないか。あるいは天下商人が次々に手に入れる特産品を、あらためて顧（かえり）みる場なのだろうか。

隼之助たちが記したと見るや、

「三度目でござる」

多聞が申し渡した。地坂家と火野家の主が席を入れ替わる。流れからいくと、次に出てくるのは白酒か酒を何十倍にも薄めた杯。当時、潜入先で扱っていたのは、白酒だが、今は時季外れであるため、酒を出すかもしれない。前に置かれた箱膳から、隼之助は杯をそっと手に取った。

舌に載せたとたん、白酒の香気が鼻から抜けた。まろやかな旨味と爽やかな後味に憶えがある。〈笠松屋〉の極上の白酒は、あのときと同じような雛祭（ひなまつ）りの〝絵〟を呼び覚ました。

娘の幸せを願って、雛祭りの支度を調える二親（ふたおや）。雛人形に値段の差はあれど、子を想う親心に変わりはない。

——では、四度目の膳合は、次の潜入先を知らせるものか。

記し終えた紙片を、才蔵に渡しながら思った。最後の例題を出す金井家が、控えの席となった妻女の隣に腰をおろした。仮に隼之助の考えどおりだったとした場合、例題を用意したのは、おそらく多聞であるはず。運ばれて来た四番目の箱膳が前に置かれた。

——やはり、な。

隼之助は唇をゆがめる。杯から漂う香りが、すでに正体を知らせていた。隼之助は舌だけでなく、目や鼻や耳も素晴らしい力を持っている。ふわりと漂った一瞬の香りだけで、もはや味わう必要はなかった。

それでも念のために味見をする。

まず大豆の香りが、鼻から抜けた。かすかにとらえられた塩味にも、一番目のときに似た旨味が感じられた。生揚げ（なまあ）だと思ったが、知識をひけらかすような愚は犯したくない。わかりやすく、浮かんだ特産品を記した。

集められた紙片は、すべて多聞のもとに運ばれる。御城では家斉が務めた役目を、多聞が務めるのだった。

「一番目の出題は、極上品の天日塩。正しく記したのは、木藤隼之助ひとりでござる」

と、結果を発表する。どこか得意げなひびきがあった。近頃、時々見せるようになったこの普通の親のような様子が、隼之助はおそろしくてならない。多聞らしくない喜び方や労りは、身体を凍りつかせるものでしかなかった。

「二番目の出題は、台湾産の砂糖でござる。正しく記したのは、木藤隼之助。水嶋福右衛門殿の二人」

福右衛門が当てられたのは、鬼役の潜入先で扱った品物だと気づいたからであろう。三番目は、隼之助と福右衛門以外の二家も当てた。そして、問題の四番目である。

「四番目の出題は、生揚げの醤油。言わずとしれた最上物の醤油のことでござる。当てたのは、木藤隼之助ひとりでござる」

腹にひびく声は、喜びにあふれていた。隼之助は悪寒が走るのを覚えた。冥土の入り口が開いたように感じている。近いうちに父を喪うのではないか。いや、考えすぎてはならぬ。今はあの喜びを素直に受けよう。と思ったが、

――またあの目だ。

慶次郎の変化に気づいた。昏く沈んだ気を発していた。多聞の思惑は成功したといえるだろう。結納の場を借りて行ったのは、隼之助の襲名披露。思い知らされた慶次郎は、両手を膝の上できつく握りしめていた。

「『鬼の舌』の極意とは」

多聞の頬は紅潮している。

「壱の技で人を知り、弐の技で世を知り、参の技で総を知る」

それは高らかな勝利宣言だった。隼之助が『鬼の舌』を持っているのかどうなのかはわからない。しかし、膳合を終えた四家の主の顔には、畏怖のようなものが湧いていた。いつもながら多聞は、人を威圧するのが上手い。

「隼之助殿は大御所様より、格別のお言葉を賜った由」

福右衛門が後押しする。

「『鬼の舌』を得た者は、永遠の安寧を得る、というお話の後、『励むがよい』と大御所様は仰られたとか」

話を向けられた多聞は破顔した。

「さよう。それがしにも、正月の膳合の後に仰せあそばされた。二代目は先代を超すやもしれぬ、とな」

先代とは、祖父の隼之助のことだ。隼之助が引き取られたとき、すでに中風を患い、寝たきりになっていた。すぐれた『舌』を持っていたらしいが、隼之助の頭には、老いた面影しか残っていない。

「慶次郎」

多聞は、不意に異母弟を呼んだ。

「は」

あらかじめ申し渡しておいたのか、慶次郎は素直に上座の方へ進み出た。左右には膳之五家、それを見渡す形で隼之助は座している。多聞の隣に移ろうとしたが、父は視線でそれを止めた。

隣の花江が、俯いている。いたたまれない様子だった。

――まさか。

隼之助は、顔から血が引くのを感じた。そこまではやるまいと思ったことが、現実に行われようとしていた。

「義兄上におかれましては、水嶋波留様とのご結納、まことに目出度く思います次第。本日、無事、執り行われましたのは望外の喜びに存じまする。祝言の折には、それがしが義兄上の介添え役を務めまする。その儀、かたがたにもお知らせいたしたく思い、これを挨拶に代えさせていただきます」

平伏した慶次郎を、多聞は満足げに見やっている。花江は俯いたまま、顔をあげようとはしない。波留はいたましげな表情をしていた。哀しげに隼之助を見つめる。

父上！

と叫びたくなるのを、かろうじて抑えた。

「慶次郎殿におかれましては、これからもそれがしを支えていただきたく思います。本日はお集まりいただきまして、まことにありがたく思いまする」

できるのは御礼の挨拶を短くするぐらいだった。一刻も早く屈辱の場から解放してやりたい。慶次郎が落涙したあの瞬間の、静かな、しかし深いところで結びついたように思えたあれを、思い出すだけで辛かった。

「行け」

多聞は短く命じた。隼之助は慣れているが、はたして、慶次郎はどうだろう。

「は」

あげられた面は、蒼白だった。固く引き結んだ唇がわなないている。かける言葉が見つからない。隼之助もまた目を逸らすしかなかったが、多聞を含む五家の主たちは、談笑していた。広間をあとにする慶次郎のことなど、主たちは気にしていない。

「膳のご用意をいたします」

立ちあがった花江に、波留も倣った。

「お手伝いいたします」

お庭番の女たちが、忙しく出入りする広間から、慶次郎は出て行った。才蔵がさりげなく近づいたのを、隼之助は見のがさない。

「いったい、なにを」

腰を浮かせかけたが、

「座を離れてはならぬ」

多聞が鋭く告げた。

「慶次郎はしばらくの間、小石川の屋敷で暮らすことになった。色々と学ばなければならぬゆえ、才蔵とともに、長屋で寝起きさせるつもりじゃ」

「それは」

どういうつもりなのか。やはり、慶次郎も森岡勘十郎の子なのか。ゆえに冷たく扱うのか。掌（てのひら）を返すような扱いは、異母兄弟の母、北村富子に対する復讐（ふくしゅう）ではないのか。

問いかけようとしたが、多聞はそれを許さない。

「次の潜入先は、日本橋小網（こあみ）町の醤油問屋〈加納屋（かのうや）〉じゃ」

御役目を命じた。運びこまれて来た酒肴（しゅこう）の膳によって、それ以上の会話は遮（さえぎ）られる。

多聞は隣席の地坂家と話をしていた。膳を運んで来た波留が、隼之助の傍らに来て、酌をしてくれる。

「慶次郎殿は、いかがした？」

小声で訊いた。

「才蔵殿と庭に降りて行かれました。唇を固く引き結んでおられましたが、わたくしには、泣いているように見えました」

波留もまた小さな声で答える。幼い日、兄に置いてきぼりにされた慶次郎の、悔しそうな泣き顔が甦っていた。弥一郎は、弟のことを考える余裕がないのだろうか。かような扱いを受けているのを知ったら……。

「兄上っ」

突如、慶次郎の叫び声がひびいた。

それを耳にするや、隼之助は広間を飛び出していた。多聞が制止したように思えたが、そのときすでに裸足で庭に降り立っていた。

第三章　決別

一

〈蒼井屋〉の中庭には、薄暮のような淡い光が広がっていた。

座敷にともされた行灯や、庭に点在する石灯籠の明かりによって、離れた場所にいる配下の顔を鮮明に判別できる。才蔵がすぐに近づいて来た。

「隼之助様」

「弥一郎殿が現れたのか」

「わかりません。裏木戸の近くにいた慶次郎様が……」

最後まで聞かずに走り出している。むろん裏木戸に向かっていた。開かれたままの木戸の前には、何人かの配下が立っている。隼之助が外に出ると、雪也と将右衛門が見世(みせ)の玄関の方から走って来た。

「どうしたのだ」

雪也の問いかけに答えた。

「『兄上っ』と叫んで、慶次郎殿が飛び出して行った。すまぬが二人は、日本橋の方を探してくれ」

「承知した」

「頼む」

二人と別れて、隼之助は一石橋(いっこくばし)に向かった。才蔵を含む四人の配下が付いて来る。みな若いが、技はむろんのこと、気力や知力にも秀(ひい)でた者が揃(そろ)っている。

「慶次郎殿を探せ」

蔵地を右手に見ながら、人が行き交う道を、隼之助にしてはゆっくりと走り抜けた。本所や深川であれば、人通りが少なくなる時刻だが、このあたりは夜になっても人足が途絶えない。騒ぎを大きくしてはなるまいという気持ちが前に出ていた。

——まことに弥一郎殿だろうか。

一石橋の手前で足を止める。この橋は訪ね人の札が掛けられることで有名な場所だ。板に吊りさげられた訪ね人の木札が、風に吹かれて、カラン、カランと、乾いた音を

たてている。隼之助は橋の真ん中あたりに立って、八ツ見橋の別名を持つ橋の利点を活かそうとしたが、

「見あたらぬ」

小さく舌打ちした。日本橋川の両岸は、深い闇に沈んでいる。月は雲に隠れているため、頼りにできるのは星明かりのみ。いくら夜目が利くとはいえ、両岸には蔵が立ち並んでいる。蔵の陰に隠れられたら、人影をとらえるのはむずかしかった。

「小頭」

橋の北詰から、ひとりの配下が駆けて来た。名は良助、若いが目端の利く若者で、走るのも速い。外では隼之助をお頭ではなく、小頭と呼ぶよう申しつけられているのだが、その命もしっかり守っていた。

「慶次郎殿はいたか」

「はい。北鞘町の河岸です。蔵の陰に駆けこんだのを見ました」

「行くぞ」

走り出そうとした隼之助の腕を、才蔵が素早く摑んだ。

「お待ちください。隼之助様には、〈蒼井屋〉にお戻りいただきたく存じます。慶次郎様の探索は、われらにおまかせを」

当然のように聞き流した。五人を従える格好で、一石橋の北詰に渡る。右に曲がって蔵沿いに、日本橋の方へ走った。

左手には真っ暗な北鞘町の見世が軒を連ねている。昔は町名どおり、鞘を作る職人がいた町だったが、今、この一帯は魚市場になっていた。早朝から夕方にかけて賑わう場所だからだろう。〈蒼井屋〉が見世を構える一石橋の南詰と違い、人通りが極端に少なかった。

——だれかいる。

蔵の陰に人の気配をとらえた刹那、

「はぁっ」

闇の中から短刀が伸びた。隼之助はさがったが、才蔵と良助は逆に前へ出る。二人とも懐に携えていた忍び刀を抜き、相手に躍りかかっていた。弥一郎か、あるいは慶次郎か。隼之助を誘い出して、始末する手筈が調っていたのか。

「殺すな」

隼之助が声をあげるのと同時に、二つの黒い人影が、刃を交える才蔵たちを飛び越えた。隼之助の眼前にふわりと舞い降りる。大きな鴉のようだった。

「忍びか」

呟きに、むろん応えはない。繰り出される二人の短刀を、隼之助は巧みに避けた。守る配下は三人だったが、一番手を始末したに違いない。才蔵と良助が賊の背後から襲いかかった。

「弥一郎殿、慶次郎殿」

無駄と思いつつ、隼之助は呼びかけた。

「何処におられる。〈蒼井屋〉へおいでになられよ」

その声めがけて次々に、鴉のような人影が飛来した。立ち並ぶ蔵の屋根に潜んでいたのだろう、隼之助は逆とんぼを切って、いち早く離れる。着地したあらたな賊を、三人の配下が始末しようとしたが、

「うぐぅっ」

ひとりが腹を刺された。隼之助は配下が落とした忍び刀を拾い、刺された男を庇って前に出る。賊が突き出した短刀を忍び刀で防いだ。

「隙を見て逃げろ」

刺された配下に向かって叫んだが、地面にうずくまったまま動かない。才蔵と良助は別の一群に包囲されている。隼之助と二人の配下の頭上に、蔵の上から幾つもの人影が舞い降りて来た。

「これが狙いか」

慶次郎は裏切ったのだろうか。それとも後ろには、弥一郎がいるのか。いずれにしても、異母兄弟の淡い絆は、いまや断ち切れる寸前。いや、それどころか隼之助の命の灯が断ち切られてしまうかもしれない。

――どこかに隠れているのか。

隼之助は、蔵に目を走らせようとするが、一瞬も気をぬくことができない。刃の雨のごとく襲いかかる賊の攻撃を、かわすだけで精一杯だ。

「そこにいるのは、才蔵さんか」

少し離れた場所から、将右衛門の大声が聞こえた。日本橋の方から、ぐるりとまわって来たに違いない。隼之助が鬼役の頭であることを、気づかれてはなるまいと、友も気遣っている。才蔵への呼びかけは、盟友なりの気遣いによって発せられたものだった。

「おれだ」

と、応えるのが精一杯、あとは間断なく繰り出される刃に翻弄された。二人の盟友も加わっているはずだが、それさえ確かめられない。死に物狂いで、ひとりの喉を掻き切った。

「…………」

口を大きく開けて、男は喉から鮮血を迸らせる。仲間が切られても賊は怯まない。すぐに体勢を立て直した。見事なまでに統制が取れている。

――お庭番か？

一度目は挨拶代わり、二度目で始末をつけると決めたのだろうか。敵の黒幕が薩摩藩であるのはまず間違いないが、お庭番を真っ二つに割るだけの力はない、はずだ。もうひとり、重要な人物が動いているのではあるまいか。

十二代将軍家慶公。

それを考えた瞬間、

「つぅ」

頬を切られて、呻いた。あれこれ考えている暇はない。まずはこの包囲網を突破するのが先だ。

――波留殿。

そうだ、おれには波留殿がいる。すぐそこの見世で待っている。一石橋を渡るだけだ。たいしたことではない。

と考えることで、ともすれば屈しそうになる気持ちを奮い立たせた。心にともった小さな灯が、身体中に広がって、力がみなぎる。先刻、斃れた男が落とした短刀を、拾いあげて投じた。

「ぐ」

ひとりが身体を硬直させる。男の手から離れた短刀を、空中で受け止めるや、別のひとりに放った。流れるような動きで、斃れた男の胸に突き立った短刀を抜き、別の男に投げる。正確に心ノ臓をつらぬいた。

「雪也、将右衛門」

倒れかかった敵を押しのけ、包囲網を突破する。雪也と将右衛門は、才蔵たちの向こうにいた。それぞれのまわりを賊が取り囲んでいる。賊は小さな円陣を組んでいたのだが、隼之助が突破したと見て取るや、大きな楕円形の陣形に変化した。どうあっても、ここで片をつけたいのだろう。

「跳ぶぞ」

声をかけると、才蔵と良助が屈みこんで手を組んだ。隼之助は軽く飛び跳ねると、二人の腕の反動を利用して、夜空高く舞いあがる。回転しながら着地しようとしたが、それより早く敵の一部が動いた。楕円形の陣形から数人が走り出て、着地点を取り囲もうとする。

——させるか。

隼之助は、握りしめていた二本の短刀を空中から投げた。才蔵たちも阿吽（あうん）の呼吸で動いた。乱れた陣形の一部に攻めこみ、数人を地面に沈める。

「今のうちに」

雪也は、将右衛門と陣形を一気に切りくずそうとした。才蔵たちを逃がそうとしたのだろうが間に合わない。敵は一瞬のうちに楕円形の陣形を形作っていた。

「くっ」

それでも懸命に斬りつけたが、短刀の返礼に遭（あ）い、雪也はやむなくさがる。二人の盟友と四人の配下が陣形内、隼之助ひとりが陣形の外に取り残された。

「逃げろ」

雪也の叫びを、将右衛門が継いだ。

「さよう。われらにかまうでない」

隼之助は無言で踵（きびす）を返した。援軍を呼びに走ったのだが、一石橋の北詰に出る直前、黒い鴉のような一群が蔵の上から舞い降りた。蔵を飛び移りながら、襲撃の隙を狙っていたに違いない。

鴉の数は、総勢五つ。隼之助の手には、短刀も忍び刀もなかったが、五人は容赦なく斬りつけて来た。背後でもふたたび刃鳴りの音が湧き起こっている。

——なんとしても突破しなければ。

突き出される短刀を、しなやかに避け続けた。懐の青龍（せいりゅう）の短刀を取り出せば、さらに敵の罠（わな）に陥ちるは必至。鬼役を継いだ証（あかし）を自ら示すようなものだった。どこまで持ちこたえられるか。つい懐に手を入れたくなるほど、攻撃は苛烈（かれつ）をきわめている。

「はぁっ」

背後で気合いがひびいた。椿円の陣形内から鳥のように、人影が蔵の上に飛びあがる。陣形を組む敵の数人が、すかさず短刀を放った。しかし、届く前に人影は反対側に飛び降りている。双方の動きからして、配下のひとりが援軍を呼びに走ったのだろうと判断した。良助かもしれない。

「おまえたちは、すでに包囲されている」

隼之助は大胆な策に出た。

「われらは囮役（おとり）よ。おまえたちを始末するためのな」

「な……」

怯（ひる）んだひとりの鳩尾（みぞおち）を突き、短刀を奪い取った。そのまま隣にいた男の喉を切り裂く。地面に倒れた二人を踏み越えて、もうひとりの胸をつらぬいた。目にも止まらぬ早業だったが、残された二人はただのでくのぼうではない。

反撃に充分すぎる時を得て、ひとりが隼之助の後ろにまわりこみ、ひとりが前から短刀を突き出した。隼之助は弾き返したものの、後ろにまわりこんだ敵の斬撃はかわせない。背中に刃の切っ先がふれた。

「…………」

身体の芯が凍りついた。

死臭を強く感じた。

斃れた亡骸から耐えがたい臭いが立ちのぼっている。毛穴という毛穴が開き、そこから死臭が入りこむ。自分も同じように冷たい骸となって、地面に転がるのか──。と思ったそのとき、いきなり背中になにかが飛び散った。なまあたたかいそれが、血と気づくのに時はかからない。

背後から隼之助を刺そうとしていた男は、ななめに身体を切り裂かれていた。左肩から右の太腿にかけて、血飛沫が噴き出している。ずるり、と、いやな音がして、男の身体はななめに分かれた。右肩を含んだ頭部と、左肩を含んだ下半身に分断されて、地面に斃れる。

「伊三郎殿」

隼之助は思わず安堵の吐息をついた。香坂伊三郎はなにも応えない。茫然(ぼうぜん)と立ち竦(すく)むひとりを、ずんっと斬り裂いた。腰を低く落とした独特の構えは、薩摩の秘剣、野(の)太刀自顕流(だちじげんりゅう)。棒立ちになっていた男は、まるで据(す)え物切りの死人だった。お斬りくださいと言わんばかりの無様(ぶざま)さで、身体を真っ二つに裂かれていた。

いや、伊三郎が現れた時点で死んでいたのかもしれない。

非情なまでの剣は動きを止めなかった。隼之助が鳩尾を突いたひとりを、串刺しにするごとく、愛刀で地面に縫いつける。凄惨(せいさん)な場面を見慣れている忍びにとっても、肝(きも)が冷えるほどの相手だったのだろう、

楕円の陣形が大きく乱れた。

「雪也、将右衛門」

すかさず隼之助は攻めに転じる。才蔵たちも呼応して、反撃に出た。敵はそれでも踏み留まろうとしたようだが、伊三郎は片っ端から斬り捨てていった。一歩、踏み出す度、敵の身体に血飛沫が噴きあがる。

「わぁっ、わあぁぁっ」

恐怖にとらわれたひとりを、これまた冷ややかに斬り捨てた。伊三郎に睨(にら)まれたとたん、蛇に睨まれた蛙(かえる)と化していた。仲間の死に様を目(ま)の当(あ)たりにして、刺客(しかく)はちり

ぢりになって逃げる。

魔剣が仕留めた相手は、総勢八人。

「『忍び封じ』よ」

伊三郎は、こともなげに言った。

「才蔵たちが、よき相手になってくれるゆえ、忍びの動きが見えるようになった。今宵もまた稽古をしようではないか」

返り血を浴びた二十一の遣い手は、いささか物足りない様子だった。剣を極めた老剣客の風格を早くもただよわせている。

『忍び封じ』が披露された道には、無惨な亡骸が転がっていた。

二

「潜入するのは、日本橋小網町の醬油問屋〈加納屋〉じゃ」

多聞が言った。まだ完全に引き継ぎはできていない。仕込みをした多聞が、説明役を務めた。

「下総に本店を持ち、木更津船で、江戸に醬油を運んでおる。〈加納屋〉には、色々と動きが出ておるゆえ、二人の配下を潜入させておいた。知ってのとおり、下総を治めているのは、いくつかの譜代大名家。飛び地で持つ大名もいるゆえ、わかりにくい土地やもしれぬ。まずは〈加納屋〉と結びつく大名家を調べよ」

翌日。

隼之助は、小網町の〈加納屋〉に、通いの奉公人として潜入していた。今までは賄い方に奉公するのが常だったのだが、なにか伝手があったのかもしれない。壱太の名でうまく見世に入りこんでいた。

「樽はまだまだありますよ。このあとも運びこまれて来ますからね。綺麗に洗ってください。壱太は当分の間、樽洗いです」

番頭が、見張るように立っていた。年は四十前後、日に焼けているのか、地黒なのか。醬油のような色の肌をしていた。隼之助は勝手口近くの井戸で、大樽を黙々と洗い続けている。そろそろ昼近くだったが、朝から何樽、洗っただろうか。

――これでは見世の様子を調べられぬ。

おおいに不満だったが、訴えられるわけもない。隙を見て、帳簿を盗み見るしかなかった。下男として奉公した才蔵が、勝手口からこちらに来る。気づいた番頭が、無遠慮な視線で出迎えた。

「見ない顔ですね」

「本日より賄いの下働きとして、ご奉公させていただくことになりました才蔵です。薪割りが終わりましたので、樽を洗うお手伝いをするようにと、女将さんに言われました」

「そうですか。では、頼みましたよ。まだ樽が来ますからね」

念を押すように言って、ようやく番頭は見世の方に戻って行った。洗い終えた大樽を、隼之助は才蔵とともに運んだ。勝手口の近くに積みあげる。

「あれが、若女将の紀野です」

才蔵が廊下を目で指した。色がぬけるように白く、綺麗な富士額が遠目にも見て取れた。地味な色目の着物に、櫛目の通った丸髷姿が初々しく映る。

「年は十九、あ、その後ろから来たのが、去年の暮れに婿入りした定太郎です。年は二十五。〈加納屋〉は小網町だけでも、二つの支店を持っているのですが、定太郎はそのうちの一軒に、ご奉公していたとか」

若き主、定太郎は、福耳が目立つ男だった。年の割には落ち着いているように見えるが、商人には必要な条件かもしれない。地道にコツコツと積みあげていく男のように思えた。

「では、この本店を含むと、小網町だけでも三つ、見世を構えているわけか」

「はい」

二人は話しながら、井戸に戻って、ふたたび樽を洗い始める。今回、賄いの下働きとして潜入しているのは、才蔵を入れて総勢三人。多聞の手配りによって、あらかじめ潜入していた二人の配下から得た情報を、伝えてもらうには好機といえた。

「若女将の二親は？」

隼之助は訊いた。無駄話をしている暇はない。

「浅草と千住に、寮があるそうです。前の女将、つまり母親ですが、浅草にいると聞きました。父親の仁兵衛はほとんど銚子にいるとか。醬油造りの仕切り役でしょう。商いは若夫婦にまかせて、職人たちを取りまとめているのではないかと」

「銚子で造らせて、江戸で売る、か。商売敵よりも利益があがるだろうな」

なにげなく呟いた。

あたりまえのように思えるが、通常、江戸の醬油問屋は、銚子や野田で醬油を製造している醬油屋の、委託を受けて販売する形が多い。〈加納屋〉が急成長している理由は、そのあたりにあるのかもしれないと思ったが、

「そうとばかりは言えないようです」

才蔵は、遠慮がちに配下から得た情報を口にした。銚子の醤油屋は、販売額の一定割合の手数料を、江戸の醤油問屋に支払っている。そのうえで醤油の販売を委託する形を取っていた。

「醤油の出来が悪いときなどは、醤油問屋に値段をたたかれることもあります。さらに手数料は常に支払わなければなりません。この制度は、醤油問屋にとっては有利なように思えます」

「確かに」

ふと浮かんだ疑問を投げた。

「では、なぜ、〈加納屋〉はわざわざ銚子で醤油を造っているんだろうな。江戸で問屋だけ営んでいた方が、儲かるのではあるまいか」

「大旦那の仁兵衛に、こだわりがあるようです。手数料を払わなければ、その分、安く売れると考えているとか。また旨い醤油を江戸の民に売るのが、醤油問屋の務めだと常日頃より言っているそうです。そのためには、造り酒屋ならぬ、造り醤油屋を銚子で営むのがよかろうとなった由」

江戸の民。という言葉が、許嫁の波留を思い出させた。鬼役の役目について、あらためて訊ねたとき、多聞は『江戸の食を守る御役目じゃ』と答えた。隼之助としては、

とうてい信じられない。その話を波留にしたところ、

〃もし、違うていたとしても、隼之助様はそういう心構えで臨めばよいのではありませんか。江戸の食を守ることはすなわち、江戸に住む民の胃ノ腑を守ること、命を守ることに繋がりますゆえ〃

と答えた。たとえ多聞と考えが違っても、江戸の民を心の核に据えれば、おのずと道は見えてくるのではないか。隼之助はあのときの言葉を支えにしていた。

「波留様ですか」

才蔵に言われて、どきりとする。とっさに言い訳しようとしたが、苦笑いを浮かべていた。

「お見通しか」

「幸せそうなお顔をなさいますので」

「それはともかく、だ」

頬を染めて、話を変えた。樽を洗う手に、つい力が入っていた。照れ隠しであるのは言うまでもない。

「雪也と将右衛門は、列びの船宿に泊まりこむ手筈になっていたな」

「はい。すでに宿の二階に入ったそうです。香坂様も来ておられるとか」

「伊三郎殿も一緒か。二人には言えぬが、心強いことよ。大御所様のお気遣い、ありがたく思うておる」

心からの言葉が出た。香坂伊三郎は、家斉の寵愛（ちょうあい）を受け、事ある毎（ごと）に御城へ呼ばれている。並み外れた遣い手を傍らに置くのは、暗殺の危険を感じているからだろうか。そうであるならば、ずっとそばに置いておきたいだろうに……なにゆえ、家斉は隼之助に目をかけるのか。

「おれは確かに、雪也たちよりは濃（こま）やかな味を感じ取れる。だが、大御所様が考えておられるような『舌』を持っているかどうか」

「信じることです」

才蔵は応えた。

「われらは、隼之助様を信じております」

澄んだ眼差しに、偽りの翳（かげ）りはない。隼之助に向かって、これでもかというほどに心を開き、一瞬の迷いもなく運命をあずけていた。若いお庭番のほとんどが、才蔵と同じような強い忠誠心を寄せている。

「おれは……」

「壱太」

廊下から番頭の声がかかった。

「旦那様がお呼びです。見世に来ておくれ」

「畏まりました」

隼之助は首にかけていた手拭いで手を拭き、尻はしょりしていた着物の裾を戻した。埃を叩いて、素早く身支度を調える。才蔵に小さく会釈して、見世に続く戸口に急いだ。

——すごい匂いだな。

庭にいても感じられる醬油の香りが、戸口に近づくにつれて濃くなってきた。通りに面した本店には、濃密な醬油の香りが詰まっている。

日本橋小網町は、日本橋川に沿って、一、二、三丁目がある。一丁目は、小船町三丁目の南、二、三丁目は鎧河岸に沿って、東堀留川に架かる思案橋から南へ、崩橋まで細長く続いていた。三丁目の南を行徳河岸と言い、崩橋の向こうには、俗称永久島が見えている。この行徳河岸から、下総本行徳を結ぶ木更津船が発着しているのだった。

——雪也。

案じられるのか、雪也が蔵の前に所在なげに佇んでいる。見世の前に続く道沿いに、蔵が立ち並び、蔵の向こうに流れる日本橋川を利用して、本行徳からの船が行き来していた。ちょうど船が着いたところなのかもしれない。ひっきりなしに大きな樽が、蔵の中に運びこまれている。

「その荷は二番蔵、そっちは四番蔵ですよ」

別の番頭と思しき男が、帳簿を片手に道で指図している。番頭にも元締、加判名代、名代、支配、組頭など、細かく分かれて担当が決められていた。こういった番頭の下に、平の手代と小僧が属している。

「帳場に行きなさい」

番頭に促されて、隼之助は帳場にあがった。主の定太郎が、帳場机の前に座っていた。脇に収入や支出を取り扱う銭箱と小簞笥、印鑑箱、丁銀箱が置かれており、後ろに藩札などを入れる札銀箱が置かれている。机上には計算用の上段二珠の算盤と硯箱が並べられていた。

帳場格子を挟んでの対話となるのだろう。隼之助は、深々と辞儀をして、畏まる。

「壱太でしたね」

穏やかな声だった。

「はい」

「醬油問屋に奉公するのは初めてですか」

探るような目を感じて、一瞬、答えを躊躇(ためら)った。

三

——どうする？

隼之助は自問した。多聞はいっさい細かい指示を与えない。臨機応変にやれなければ、鬼役は務められないからだ。自分で考えて動かなければならない。知らないふりをするよりも、ある程度、知識があることを伝えておいた方がいいのではないだろうか。

「いえ、以前、父が常州(じょうしゅう)は土浦の、小さなお店(たな)にご奉公しておりました。わたしはご奉公しなかったのですが、醬油の話は、父からある程度、聞きながら育ちました」

常州はさして遠い国ではない。もっと遠い場所にすればよかったと思ったが、後の祭りだった。

「そうですか」

定太郎は頷(うなず)いて、訊き返した。

「江戸に出て来たのは、やはり、商いを学びたかったからですか」

「はい。奉公するのであれば、江戸と決めておりました。醤油の醸造家は、下総に集まっています。いずれ醤油の醸造も学びたいと思っておりますので、下総に醤油屋を持つこちらに、ご奉公したいと思いまして」

「なるほど、明日の夢もあるわけですね。いいことですよ。日々の暮らしに追われるだけでは、自分の見世を持つことはかないません。醤油造りを志すぐらいですから、醤油の造り方は当然、知っているんですね」

試すような問いかけが出た。

「父から聞いただけですが」

前置きして、続けた。

醤油は、一定の加工を施した大豆と小麦に、麹菌を植えつけ、製麹した後、それを食塩水と一緒に仕込み、まずは発酵させる。これが諸味として熟成するのを待って、絞ったそれを生醤油とし、加熱処理を施して製品化する。

「まずまずです」

満足げに定太郎は言った。

「うちでは、主に濃口醤油と『甘露醤油』を扱っています。濃口はよく使われる醤油ですが、甘露醤油はわかりますか」

「仕込み醤油のことではないかと。濃口醤油の諸味を絞って出来た生醤油に、ふたたび麹を仕込んで熟成させると聞いた憶えがあります」

「そうです。濃口よりもほぼ倍の材料と手間暇をかけて造られるため、色も味も非常に濃厚。ゆえに『甘露醤油』とも言われるようになりました。うちでは特によく出るこの二種類を多く扱っていますが、江戸に出まわっている醤油は、だいたい五種類です。あとの三種類は知っていますか」

「淡口、溜、白醤油と憶えております」

「上々ですね。ヤマサ、ヒゲタ、亀甲萬と、近頃は他店でも上物を多く扱うようになりました。〈加納屋〉もうかうかしていられません」

「ですが、こちらのお見世の『甘露醤油』は、とても美味しいと評判です。それもあって、わたしはご奉公したいと思いました」

「年の割に口がうまいですねえ」

口ではそう言いながらも、定太郎は、満更でもない顔をしていた。

「一年諸味は香りよし、二年諸味は味よし、三年諸味は色よし、と言います。諸味は年数によって、それぞれ特徴が違いますからね。これを混ぜ合わせる匙加減、いえ、舌加減が、大旦那様と女房の紀野は絶妙なのですよ」

「色よし、の色とは、醤油の色のことではなく、醤油を使って煮込んだときの、料理の色だと聞きました。これは本当ですか」

しらじらしいと思いつつ、問いかけた。

「本当ですよ。壱太はけっこう詳しいじゃありませんか。今日からでも見世に出られそうですね」

樽洗いよりも、見世に立つ方がずっといい。

「もし、お許しいただけるのであれば、一生懸命に務めます。未熟な点は教えを請うて、励みたいと思います」

あらためて頭をさげた。

「いいでしょう」

控えていた番頭に目を向ける。

「壱太は今日から見世に出します。おまえが色々と教えてやりなさい。女遊びまでは、指南しなくてもいいですがね」

「指南してしまうかもしれません」

「いけませんよ」

若い主と番頭は、笑い合っていた。江戸の醬油問屋の中でも、一、二を争う見世だが、和気藹々（あいあい）といった感じがする。特に問題はないように見えるが、はたして、本当に感じたとおりなのか。

――いや、父上の目に狂いはない、はずだ。

多聞はなにかを感じたからこそ、潜入の手配りをしたに違いない。隼之助は気持ちを引き締める。番頭に連れられて、作業場に向かった。

「いいですか。知ってのとおり、〈加納屋〉は醬油問屋。中店や小店を営む醬油屋相手の商いです。荷を届けるのも仕事のうちですからね。小さな樽でも、かなり重いので、いささか案じられますが」

番頭の不安げな視線に、大きく頷き返した。

「まかせてください。こう見えても力には自信がありますので」

「張り切りすぎると、腰を痛めますよ。わたしはいっとき歩けないほどになりました。気をつけることです」

「はい」

「では、ええと、小樽に醬油を移してもらいましょうか。わたしが言うとおりに、お願いしますよ」

と、番頭は奥の作業場に足を向けた。細長い見世は、客の応対をする表の場と、醬油の大樽が置かれた作業場に分かれている。種類ごとに分けてあるのだろう。五つの大樽が並んでいる。奉公人たちが忙しげに、小樽に移し替えていた。

「う」

隼之助は、作業場に入ったとたん、軽い目眩を覚える。生醬油をそのままガブ飲みしたかのように、喉がひりついて痛んだ。目は染みて開けられない。鼻が利かなくなりそうだったが、濃い醬油味の空気を、意識して吸いこまないように努めた。

鼻に幻の防御膜を出現させて、匂いを感知しないようにする。これができるようになったお陰で、倒れることはなくなっていた。

「どうしました？」

番頭が訊ねる。

「涙目になっていますよ」

「大丈夫です、すぐに慣れます」

「それでは、大樽から小樽に移してもらいましょうか。こちらの大樽が濃口、こちらが仕込み、つまり、甘露醬油の樽です。まずは濃口を五樽、仕込みを三樽です」

「畏まりました」

隼之助は、言われたとおりに動いた。片隅に積みあげられている小樽を取り、大樽の注ぎ口に持って行く。

「壱太は銚子に行ったことはありますか」

不意に番頭が訊いた。多聞に連れられて、日本中を旅していたが、真実を告げられるはずもない。

「ありません」

きっぱり答えた。

「そうですか。〈加納屋〉は、昔は銚子で干鰯(ほしか)を扱う見世だったんですよ。わたしが奉公し始めた頃までは、干鰯問屋も営んでいました。外川(とがわ)の港を中心にして、『外川千軒』と呼ばれる漁業の町へと発展したそうでしてね。これで儲けた資金を元手に、醬油の醸造を始めたというわけです」

「紀州の漁民が、干鰯と醬油という、二つの特産物を銚子にもたらしたと聞きました。大旦那様の親戚(しんせき)筋に紀州の方がおられるのでしょうか」

頭に浮かんだ事柄を問いかけに変える。紀州の漁民は黒潮の流れに乗って、銚子に大きな特産品をもたらした。また利根川の治水と水運が進展したお陰で、仙台藩を中心とする廻船の出入り港にもなっている。

銚子は、紀州ばかりでなく、奥州と江戸の物資や文化の中継地として、近くの佐原(さわら)とともに栄えていた。

「行ったことがないと言う割には、詳しいじゃないですか」

番頭に切り返されて、取り繕(つくろ)った。

「噂話(うわさばなし)に聞き耳をたてるぐらいしか、取り柄はありません。いつか銚子に行きたいと思っておりますので……」

「お帰りください」

突然、見世で定太郎の大声がひびいた。隼之助は番頭と顔を見合わせる。語気の強さから、ただならぬ気配が伝わって来た。作業場にいた他の奉公人たちも、不安げに手を止めている。

「番頭さん。御役人を呼んで来た方が」

ひとりが小声で申し出た。

「そうしておくれ。急ぐんですよ」

「はい」

すぐに庭から裏口の方に向かった。やりとりから初めてではないのが読み取れる。

見世に戻った番頭に、隼之助も続いた。

四

「つれないねえ。一杯、飲ませてくれてもいいじゃねえか、ええ、〈加納屋〉さんよ。わざわざ出向いて来たんだぜ。美人の女将さんに、酌でもしてもらいてえもんだな」

帳場の上がり框に座していたのは、見るからにやくざという雰囲気の若い男だった。手下らしい男衆を五人、従えている。にやにやしていたが、目は笑っていなかった。奉公人たちを威嚇するように、睨みをきかせている。

「近頃は値上げ続きじゃねえか、高直だから色々と物入りでよ。心細くてならねえや。で、相談に来たってわけさ」

男はあからさまに金を要求した。外にいた雪也が、目顔で助太刀を訴える。隣に将右衛門も立っていた。

——まだ来るな。

隼之助は二人を仕草で止めた。もう少し様子を見たかった。

「てまえは、金の生る木を持っているわけではございません」

主の定太郎は、毅然と顎をあげた。

「商いの邪魔です。お引き取りいただきましょうか」

「てめえ」

手下のひとりが顔色を変える。まあまあ、と、男が宥めた。

「ずいぶんと派手に儲けているようじゃねえか。金の生る木があるんだろ、いい商売してるんだろ。少しぐらい、まわしてくれてもいいと思うがな」

目つきに凄みが増してきた。若女将の紀野が、奥座敷に続く廊下から様子を見守っている。暖簾に隠れて表情はわからないが、握りしめられた右手に気持ちが表れていた。

「何度、言われましても渡せません。お渡しする理由がございませんので」

定太郎は青ざめている。ここで負ければ、また次があるのをわかっていた。たかりや強請りの類は、渡せば味をしめて、また来るのは必至。金づるをそう簡単には手放さない。若い主は正念場と思っているようだった。

「ふざけるな！」

男が立ちあがった。

「おとなしくしてりゃ、いい気になりやがって。出せません、はい、そうですかと帰れるか。どうなってもいいってんなら、かまわねえや。そう伝えるぜ」

「お待ちください」

若女将が飛び出して来た。

「これを」

懐から出した包みを、定太郎が押さえる。

「だめだ」

「でも、おまえさん」

「ありがたく頂戴しようじゃねえか」

男が伸ばした手を、隼之助は横から素早く摑んだ。手首の急所をきつく握りしめる。

「いててててて」

男は大仰に顔をしかめて声をあげた。

「若頭」

「このやろうっ」

懐に手を入れたひとりを、雪也が後ろから押さえつけた。将右衛門も見世に入って来る。雪也が軽く体をひねって、ひとりを投げ飛ばした。大男の盟友は、二人の手下の首根っ子を摑むや、見世の外に放り投げる。

「さあ、次はどいつだ」

相撲取りのように、ぱんっと両手を叩いた。わざとらしいほどの威嚇だったが、軽く六尺を超える身長に恐れをなしたのか、

「引きあげるぞ」

若頭が言った。雪也と将右衛門は、若い主夫婦を庇うように、帳場の上がり框の前に立っている。忌々しげに舌打ちしながら、若頭と呼ばれた男は、手下を引き連れて見世を出て行った。

――行け。

隼之助の合図を受け、道にいた配下がすぐにあとを追いかける。むろん若頭たちや主夫婦は知る由もない。

緊迫していた場の空気がゆるんだ。

「お侍様、ありがとうございました。本当に助かりました」

主の定太郎が深々と頭をさげる。隣にいた紀野もそれに倣った。

「いや、たまたま通りかかっただけよ。母親に頼まれて〈釜屋〉に艾を買いに来てな。人だかりができているゆえ、ちと様子を見ていたのだ。役人が来るかと思うたが、姿を見せぬゆえ、止めに入った次第」

雪也の虚言に、将右衛門も話を合わせた。

「このあたりも人気が悪うなったのう。やくざが昼日中、大手を振って強請り、たかりをするとはな。お上のご威光も地に落ちたわ。されど、主の態度は立派であった。ああいう手合いには絶対に金を渡してはならぬ」

渡すなら、わしにくれ。と言わんばかりの顔をしていた。隼之助の用心棒に雇われて以来、かなり身綺麗になっていたが、持って生まれた気質までは変わらない。雪也も苦笑いしていたが、顔をあげた主夫婦の目には、強い感謝の念が浮かびあがっていた。

「どうぞ、おあがりください。ささやかではございますが、御礼の膳を用意いたします」

定太郎が申し出た。膳に幾ばくかの金子がつくのは間違いあるまい。さらに用心棒役を仰せつかれば、重畳といえる。

——うまくやってくれ。

これまた目顔で告げて、隼之助は、番頭とともに作業場へ戻った。奉公人たちも仕事に戻っていたが、ちらちらと羨望の眼差しを投げている。

「壱太さんは、柔の心得でもあるんですか」

代表するように番頭が問いかけた。

「はい。父親がいささか嗜（たしな）んでおりました。幼い頃は嫌々だったのですが、意外なところで役に立つものですね」

嘘（うそ）も方便の答えに、

「度胸がありますよ」

「たいしたもんだ」

他の奉公人が続いた。作業場にはいっとき武勇伝の華が咲く。しばらくは仕方がないと思ったらしく、番頭は見て見ぬふりの姿勢を取っていた。目立ちすぎるのは避けたいが、親しくなれば、堅い口もゆるみがちになる。適当に相槌（あいづち）を打ちながら、隼之助はさりげなく訊（き）いた。

「あの連中、前にも来たんですか」

「来たんですよ」

「これで何度目だったかな」

「確か三度目じゃないか」

奉公人たちは口々に答えた。隼之助はさらに問いかけようとしたが、気配を察したのだろう、

「いつまで油を売っているんですか。仕事に戻ってください。お客様が首を長くして、お待ちですよ」

番頭が手を叩いて、男の井戸端会議を終わらせる。剣呑な輩に、なにか弱みをつかまれているのだろうか。そうだとすれば、その弱みとはなんなのか。

——今度は、鬼役がやくざの若頭を脅す番やもしれぬな。

ときには汚い策を使わなければならない。醤油の香りが詰まった見世には、一見、ふだんどおりの日常が続いていた。

五

堅い口をなめらかにさせるには酒と女が一番だ。

「今宵は、毛穴から酒が噴き出すほど飲みましょう。ここはつけが利く見世なんです。遠慮なく飲ってください」

隼之助は、〈加納屋〉の奉公人を、中之橋近くの居酒屋に連れて来ていた。ここも小網町一丁目だが、道路沿いの蔵は堀に面している。向かい側の岸の向こうにも、伊勢町の蔵が建っていた。

「すみませんね」

「酒宴を開くのは、わたしたちの方なのに」

口ではそう言いながらも杯を空けるのが早い。小さな居酒屋にいるのは、隼之助と才蔵と二人の奉公人、そして、片隅の膳台の前に、香坂伊三郎がひっそりと座していた。雪也と将右衛門は用心棒役を頼まれたため、〈加納屋〉に残っている。伊三郎とはあくまでも他人のふりをしていた。

「気にしないでください。挨拶代わりです」

空になった銚子を振って、隼之助は声をあげる。

「大徳利ごとお願いします」

「お二人は知り合いなんですね」

若い方の男が、隼之助と才蔵を交互に見た。あまり酒に強くないのかもしれない。すでに頬が赤く染まっている。

「そうなんですよ、まあ、どの程度、血が近いのかはわかりませんがね。遠い親戚なんです。わたしも見世にご奉公したかったんですが、かないませんでしたので」

才蔵が酒を注ぎながら問いかける。

「昼間、来た連中ですが、〈加納屋〉の弱みでも握っているんですか。旦那様は強請られているんですか」

二人は一瞬、顔を見合わせたが、

「たぶん、そうだと思うよ」

年嵩の男が小さな声で答えた。三十前後だろうか。酔いがまわるにつれて、口調が親しげなものに変わっている。

「詳しい話はわからないんだが、旦那様はとにかく商い上手なんだよ。江戸では新参者なんだが、着々と利益をあげている。中にはそれをやっかむ者もいるのさ。〈加納屋〉の仕込み醤油は、どこでも評判がいいからな」

「おれたちが入れない奥の仕事場で、若女将の紀野さんが調合しているんだ。天気や季節によっても、味を変えなきゃいけないらしいぜ。昔は大旦那さんの舌だけが頼りだったみたいだが、今は若女将がそれを引き継いでいるとか」

若い方が相槌を打った。

仕込み醤油、あるいは甘露醤油と呼ばれる醤油は、さまざまな仕込み年数の諸味を調合する技が必要だ。秘中の秘とされる味を、盗もうとする不届き者も少なくない。仕事を終えるとすぐに、仕事場には錠が掛けられると言い添えた。

「奥の仕事場には、いつ、どんなときでも、必ずだれかがいる。見張り役さ。愛しい甘露醤油を守るために、寝ずの番をするってわけだ」

年嵩の男の言葉を、隼之助は受ける。

「わたしもこちらのお見世の、濃口と甘露醤油に惚れました。お世辞ぬきに旨いと思います。そうそう、〈加納屋〉は、生揚げも旨いですよね」

生揚げは、諸味を圧搾しただけの生醤油のことで、最上物や上物の醤油の代名詞といえた。対する下物は、生揚げを圧搾した滓に、番水と呼ばれる食塩水を加えた後、少量の生揚げを加えて作られる。味に天と地ほどの差が出るのは当然だった。

「生揚げか」

年嵩の男が独り言のように呟いた。

「銚子から毎日、運ばれて来るんだが、半分ほどは着いたらすぐに、白井藩の蔵に運びこまれちまうんだ。殿様がご公儀に献上なさるんだとよ」

「〈加納屋〉は白井藩の御用商人だからな」

若い方が継いだ。

「御用商人になるのが、いいのやら、悪いのやらさ。この見世の支払いじゃないが、つけがたまるばかりだ。毎日のことだからな。若旦那も楽じゃないだろう」

年嵩の男は、若旦那の代わりとでも言うように、吐息をついて見せる。

白井藩は、下総の銚子に飛び地として幾ばくかの領地を持っていた。多聞が言っていたように、譜代大名が藩主を務める関八州は、土地の持ち主が複雑に入り組む場所である。一万石程度の小藩ばかりであることから調べが進まなかったのか、〈加納屋〉がどこの大名家の御用商人であるのかを、隼之助は知らされていなかった。

「下総の白井藩ですか」

才蔵が繰り返して、年嵩の男を見やる。

「お殿様は、どんな御役目を賜っているのですか」

譜代大名はたとえ石高が少なくても、幕府の重臣として奉公するのが常。隼之助は素早く記憶を探ってみたが、森川俊民という、白井藩の藩主名しか浮かばなかった。

「寺社奉行だよ。おれたちから見れば、すごいことだが、殿様は満足していないんだろう。さらなる出世を願って、生醤油を献上しているように思えなくもない」

寺社奉行の次は奏者番、次は若年寄と、野望ははてしなく広がる。賄賂や付け届けなくして、出世の道は開けない。

「ですが、旨い生醤油をご公儀に献上するのは、〈加納屋〉にとっても悪くない話ではありませんか。幕府御両丸御用達を賜れば、見世は磐石となります。若旦那はそのへんのところを、考えているのではないですか」

隼之助の言葉に、二人は「へえぇ」と嘆息を洩らした。

幕府御両丸御用達とは、江戸城本丸と西の丸の醤油御用を賜ることだ。幕府のお墨付きをもらうわけだから、商売上、有利になる。しかし、江戸に出て来たばかりの若い男が、口にできる内容ではなかった。

——不自然すぎたか。

と思ったがもう遅い。

「今の話は、わたしの受け売りじゃないか」

すかさず才蔵が助ける。軽く隼之助の額を小突いて、続けた。

「ご奉公する前に、ちょいと教えてやったんですよ。銚子の造醤油屋の何軒かは、すでにこの幕府御両丸御用達を賜っているとね。生意気な口をききたい年頃なんでしょう」

「すみませんでした」

素直に謝って、大徳利を手に取る。

「さあ、飲んでください。まだまだ徳利が重たいですよ。空になるまで、遠慮なく飲ってください」

二人の杯を湯飲みに替えて注いだ。

——幕府御両丸御用達か。

醒めた頭には、ひとつの疑問が浮かんでいる。大御所家斉が『天下商人』というお墨付きを、あらためて設けたのは、なぜなのか。そこには倅である将軍家慶との、確執が見え隠れしているように思えた。

家斉と家慶は、表向きはこれといった争いをしているわけではない。が、西の丸の家斉は日蓮宗、本丸の家慶は浄土宗と、かねてより水面下の対立はあった。家慶は父親を真の隠退に追いこむべく、画策しているのではないだろうか。いや、画策し始めたのは、家斉の方が先かもしれない。

——たとえ将軍家と雖も、親子の対立は避けられぬ、か。

だが、この対立は、幕府をも二分することになりかねなかった。危険きわまりない対立であるのはあきらか。家斉の思惑が今ひとつ読めない今、隼之助は不安がつのるのを止められない。

「さいぜん、ちらりと話に出ましたが、〈加納屋〉は新造家ですよね」

才蔵の問いかけで、気持ちを眼前の事柄に戻した。文政頃から新しい造醤油屋が増加し、醤油の値段や従来の取り引き方法が、くずれかけるという事態が出来していた。このため新造家の醤油屋は、仲間の添え状をつけるか、仲間に加入しなければ、問屋側はいっさい売りさばきをしない定めを設けている。

「ああ、そうだ」

年嵩の男が答えた。

「これは他から聞いた話なんですが、〈加納屋〉は銚子で造醤油屋を営み、造った醤油を自分の船で運んでいるとか。売るのも問屋を通さずに、自分たちで売っているそうじゃありませんか。〈加納屋〉は仲間には、入っていないんですか」

と、才蔵は一歩、踏みこんだ。仲間というのは、八組造醤油仲間のことである。江戸で商いをする以上、入らないでは済まないはずなのだが、

「入っていないよ」

若い男はあっさりと言った。目がとろんとして、呂律がまわらなくなっている。それでも湯飲みに残っていた酒を一気に呷った。

「うちは、入らなくてもやっていけるからな。八組造醤油仲間なんぞ、要らないのさ。新造家同士で別の組合を作ればいい話だ。古いやつらの言うことが、正しいとは限らないだろう。違うかい、壱太さん」

ところどころつっかえながら、隼之助に話を振る。

「定めに従わないと、江戸での商いは、やりにくいのではないかと思いますが」

「それであの男たちが来たんですか」

才蔵が話を戻した。

「もしや、八組造醤油仲間のいやがらせですか。それとも他にも〈加納屋〉を、面白く思っていない者がいるんですか」

さらに深く踏みこんでいたが、二人は、ちょうどいい按配（あんばい）に酔いがまわっている。頷（うなず）きながら続けた。

「どっちも正しいな」

「そうそう、いやがらせもあるし、面白く思っていない連中もいる」

若い男はまわらない舌を、懸命に動かしている。隼之助はその様子を見ているだけで、舌が痺（しび）れるのを感じた。酔ってもいないのに、呂律がまわらなくなりそうだった。なるべく気持ちを向けないようにする。

「大旦那様は、江戸に出て来ないんですか」

と話を変えた。

「そういや、ここしばらく姿を見ていないな。以前は生揚げを運びがてら、毎日のように姿を見せていたんだがね。職人気質で厳しい人なんだが、流石（さすが）に寄る年波には勝てないのかもしれないな。あるいは若女将の舌を信頼しているのか」

年嵩の男が少し遠い目をする。

「若女将は、まだお若いのに、慥(たし)かな舌をお持ちなんですね」

隼之助は我が身と重ね合わせずにいられない。人よりも感覚が鋭い分、損をすることも多かった。今も若い男に目を向けるだけで、舌が痺(しび)れるような不快感を覚える。紀野はどうだろう。不便に思うことはないのだろうか。

「そうともさ。立派に、ヒィック、見世を取り仕切って、いら、いらいら、あれれ？」

「もういい。おまえは寝てろ」

笑って、年嵩の男が同僚の頭を押さえつける。隼之助は、ふと暖簾(のれん)の向こうに人の気配を感じた。暑いほどではないのだが、風を入れたいのかもしれない。戸は開け放したままになっている。才蔵もほとんど同時に気づいた。

小頭(こがしら)。

とでも言うように、配下のひとりが会釈する。立ちあがった才蔵を、隼之助は目で追いかけた。片隅で酒を飲むふりをしながら、静かに護衛役を務めていた伊三郎も、目つきが変わっている。いつでも動けるよう、刀を握りしめていた。

「そろそろ帰りますか」

戻って来た才蔵が、耳もとに小声で囁いた。

「殿岡佳乃様が行方知れずになられたとか」

「え?」

「〈達磨店〉に、波留様がおいでになられているそうです」

同僚たちへの挨拶もそこそこに見世を出る。影のように伊三郎が、後ろに付き従っていた。

六

――波留殿に逢える。

己の心に湧いた想いを、隼之助は慌てて封じこめた。かようなときに、なんということを考えるのか。まずは佳乃の無事を確かめるべきではないか。不謹慎きわまりない考えを、彼方へ追いやるように足を速めた。

雪也には才蔵が知らせているはずだが、用心棒の御役目を引き受けたばかりとあっては、身動きが取れまい。隼之助は配下たちに佳乃の捜索を命じている。家のある橘町を中心にして、探しているはずだ。

「隼さん」

家の前に、おとらがひとりで立っていた。他の住人は、とうに夢の中なのか、裏店は暗闇と静寂に包まれている。

「だれかがいなくなったと聞いただ。なにか手助けできるんじゃねえがと思ってよ。お喜多とお宇良は、さっさと寝ちまって役に立たねえが」

「おとらさんにまで心配をかけてすまない。人手は足りているから大丈夫だ。早く寝んでくれ」

「だけんど」

「お戻りですか」

波留が戸を開けた。おとらとも何度か会ったことがある。すでに挨拶を済ませていたのだろう、

「隼之助様が仰るとおりです。おとらさん、早くお寝みください」

親しげに告げた。

「そうか」

おとらは、それでもなにか言いたげだったが、緊迫した様子を感じたのかもしれない。会釈して、自分の家に戻って行った。隼之助は木戸のところで待っていた伊三郎

に、仕草で中に入るよう示した。

「すまぬが、茶を頼む。濃いやつをな」

「承知いたしました」

「おれも、そのあたりを探してみよう」

伊三郎は戸口で足を止めた。遠慮しているのを感じた。

「だが、伊三郎殿は、佳乃殿の顔を知らぬのではないか」

「いや、何度かちらりと見かけたことがある。おぬしを尾行けていたときにな。波留殿と一緒にいたではないか」

当初、伊三郎は敵か味方かわからない不気味な存在だった。そのとき、波留は佳乃に付き添われて、人目を忍ぶように隼之助のもとを訪れたことがある。

「では、眠気ざましの茶だけでも」

「要らぬ」

言い置いて、伊三郎は踵を返した。苦笑いせずにいられない。

「気を利かせてくれたようだ」

「お茶はいかがいたしますか？」

「頼む」

隼之助は、波留が差し出した雑巾(ぞうきん)で足を拭(ふ)き、座敷にあがった。一瞬、胸があたたかくなる。たかが雑巾かもしれないが、それを渡してくれる相手がいるのは、なんと幸せなことなのか。

「おれは地獄に堕(お)ちるな」

腰をおろして、言った。

「佳乃殿の行方がわからぬというのに、そなたに逢えることを喜ぶ自分がいた。今もそうよ。雑巾を渡されただけなのに嬉(うれ)しく思うている。雪也に知られたら、果たし状を叩きつけられるであろう」

「わたくしも同じです」

波留は小さな声で言い、茶の支度を調える。多くは語らないが、伏し目がちの仕草に心が表れていた。すぐに淹(い)れたての熱い茶が出されたのは、隼之助の帰着(きちゃく)を待っていたからにほかならない。互いに後ろめたさを覚えながらの逢瀬(おうせ)となっていた。

「して、佳乃殿はいつ姿を消したのか」

ごく自然に侍言葉を使っていた。これも当初はできなかったのだが、今はほとんど意識しないで切り替えられるようになっている。慣れとはおそろしいものだと思った。

「夕方頃に、姿が見えなくなったと聞きました。佳乃様は必ずここに来ると思いましたので、急ぎ、参りました次第です」

「三郷殿には」

「お話ししました。連絡役のお庭番たちも、近辺を探してくれているのではないかと思います」

気詰まりな空気を感じたに違いない。

「あの、馬喰町の旅籠から〈だるまや〉に持ちかけられた相談事なのですが」

波留は、佳乃に関わりのない話を口にする。

「〈船津屋〉の相談事か」

隼之助は、〈船津屋〉の主――庄助の顔を思い浮かべていた。女房の松代は家を出て、竪川沿いの南本所瓦町の裏店に、倅の銀次郎と住んでいる。女房曰く「山師」の亭主は、小豆相場に手を出して、多額の借金を作った。旅籠はすでにカタに取られているらしいが、親子三人、できれば地道な商いを始めたい。というような依頼だった。

「はい」

波留は手拭いで手を拭きながら、隼之助の前に座る。

「ひとつ考えてみたのですが、小商いとして、うまくいくかどうか」

「思いついたのであれば、なんでもかまわぬ、聞かせてくれぬか。もっとも〈船津屋〉の主は、見世に執着している様子。見世はすでに借金のカタに取られているらしいのだが、いまだに番頭と二人で居座っておる。小商いなどをする気持ちは、ないやもしれぬがな」

「まあ、借金があるのですか」

「そういう話だ」

隼之助は手短に、庄助夫婦が別居した理由を説明する。主はやくざものではないが、遊び人と山師はあてはまるかもしれない。愛想を尽かした女房は、倅とともに裏店に移り住んだ。庄助は倅を連れ戻してほしいと、口では言っているのだが……。

「戻ってほしいのは、女房のように思えなくもない。おれを見て、やけに物言いたげな眸をしたのが、いささか引っかかっている」

くれぐれもお願いしますよ。なんとかして、倅をここに連れ戻してください。

「とな、言うた次第よ」

「息子さんを連れ戻せば、いやでも御内儀さんは戻りますね。それを見込んだうえの、頼み事でしょうか」

波留はいつものように察しがよかった。よけいな話をしないで済むのはありがたい。

「おそらく、そうではないのかと、おれも思うている。それで」

隼之助は話を戻した。

「先程、言いかけた小商いについて、話してくれぬか」

「はい。『とうきび餅』はいかがかと思いまして」

遠慮がちな答えだったが、心にひびくものがあった。『とうきび餅』は、玉蜀黍を粉に碾いて捏ね、餡の代わりに薩摩芋を厚さ七、八分（約三センチほど）に切ったものを包み、饅頭のように蒸したものだ。

「玉蜀黍の粉は、手に入りにくいやもしれぬが、さよう。粉屋で饂飩の三番粉を買えばよいな。元手がほとんどかからぬ」

頷きながら、腕を組む。

「薩摩芋が手に入るうちは、薩摩芋でやり、これから先は南瓜を使うという策もある。金ができてきたら、中に入る具を色々取りそろえると、面白いやもしれぬ。信州の『おやき』のように、高菜漬や古くなった沢庵も使えるのではあるまいか」

「すごいですねえ、隼之助様は。『とうきび餅』と言うただけで、次から次へとお考えが浮かぶのですね」

「今の言葉は、そのまま波留殿にお返ししよう。考えたのは、波留殿ではないか。おれはちと付け加えたにすぎぬ」

「いえ、わたくしは人助けをする隼之助様の、お手伝いがしたかっただけなのです。でも、案外、助けたつもりが助けられていた、ということになるのかもしれませんね。〈だるまや〉の仕事には、人の優しさや労りが感じられます。わたくしはそれがとても好きなのです」

人の優しさや労りと言いつつ、隼之助に告白しているように思えた。思わず手を握りしめそうになったが、

「だれか来た」

隼之助は立ちあがる。ほとんど同時に戸が開いた。

「見つかりました」

才蔵が言った。

「もしやと思い、〈切目屋〉の周辺もあたらせていたのです。とりあえず、お連れした方がよいだろうと思いまして」

身体をずらして、背後にいた佳乃の背を押した。兄の雪也に似た美貌の持ち主は、俯いて土間に入って来る。どんな表情をしているのか、よくわからない。

「佳乃様」

波留の呼びかけで、はっとしたように顔をあげた。

隼之助もはっとする。

顔をあげた刹那、佳乃は思い詰めた昏い表情をしていた。が、それはまさに一瞬のこと、目が合うと、いつもの屈託ない笑顔を浮かべた。

「やはり、おいでになっていたのですね、波留様。ここしばらく、隼之助様とのんびり話もできませんでしたでしょう。だから気を利かせたのです。わたくしを探すのにかこつけて、逢えたではありませんか。感謝していただきたいものですね」

遠慮のない言葉は、ふだんよりも毒が少なかった。笑顔も泣き笑いのように見える。しかし、隼之助は下手な慰めの言葉や、無事でよかった云々よりも、敢えて突き放す方を選んだ。

「佳乃殿のお気遣い、感謝つかまつる。祝言の日取りを話していたところでござってな。秋頃がよかろうとなった次第」

容赦ない冷ややかな刃を投げた。

「そう、ですか」

佳乃の美しい眸に、ふたたび昏い翳がよぎる。涙は一滴も滲んでいない。それなのに、隼之助は幼い頃の一場面を思い出していた。

〝待って、兄上。わたしも連れて行って〟

置いてきぼりにされまいと、懸命に追いかけて来た佳乃。雪也もまた弥一郎と同じように、幼い妹を置いて行くのが常だった。走る雪也たち、置いて行かれまいとする妹。泣きながら走っていたあの姿が、鮮明に甦っていた。

——慶次郎殿もそうだった。

またも重ね合わせている。隼之助、慶次郎、そして、佳乃。複雑な立場にいた隼之助は、二人の気持ちがよく理解できた。だからこそ、敢えて厳しい態度を取る。

「だれかに送らせます」

送ることさえしないと告げた。

「見合いの日が近いと伺いました。つまらぬ噂話は、佳乃殿のさわりになるだけでございますゆえ」

すっと佳乃の顔から血の気が引いた。形のよい唇が、なにかを訴えるかのように動きかけたが、

「わかっております。本日は、御目付様の家より賜りましたご縁談を、受けるというご報告に参りました。お騒がせいたしまして、まことに申し訳なく思うております」

虚実ないまぜの言葉が出る。

白い貌(かお)はすでに別人のそれだった。十七の娘から、ひとりの女へと、見事に変貌を遂げていた。

「では失礼いたします」

深々と辞儀した佳乃を、隼之助は波留とともに見送った。

この日、それぞれが決別した。

幼い日々はもう還(かえ)らない。

第四章　消えた味

一

「配下を三つに分ける」

　翌日の未明、隼之助は命じた。

「ひとつは〈加納屋(かのうや)〉、もうひとつは白井藩の探索、残るひとつは強請(ゆす)りに来たやくざを探れ。やくざどもには、連中のやり方を用いるのがよかろう。できるだけ手荒な真似(まね)はしたくないが」

　やくざの後ろにいるのは、だれなのか。そもそも〈加納屋〉は、本当に強請られているのか。強請られているとしたら、なぜなのか。その理由が知りたかった。

――白井藩の後ろには、薩摩(さつま)藩がいるのやもしれぬ。

などと思いつつ、得意先に甘露醤油（かんろしょうゆ）を届けて見世に戻った。両手に樽（たる）を持って裏口から中庭に入る。戻るのを待っていたに違いない。才蔵が近づいて来た。

「ご命令どおり、濃口（こいくち）と甘露醤油を買わせました」

耳もとに囁（ささや）いて、隼之助の右手から樽を取る。隙（すき）を見て味見をするつもりだったのだが、見張りの目があまりにも厳しくて、無理だと判断したのだった。ゆえに二種類の醤油を買わせたのである。

「わかった。荷車の樽も頼む」

短く告げて、先に井戸へ足を向ける。賄（まかな）いに潜入している配下のひとりが、積みあげられた大樽を洗っていた。井戸端ほど密談に適している場所はない。才蔵も加わって、男の井戸端密談が始まる。

「先程、商人が来ました。どうやら同業者のようです」

配下が報告した。

「まだいるのか」

「はい」

と、閉められた客間の障子戸を見やる。広い中庭を挟んだ向こう側だが、どうにか人の出入りを見て取れた。手持ち無沙汰（ぶさた）な様子で、用心棒役の雪也と将右衛門が庭に佇んでいる。暑くもなく、寒くもない穏やかな四月の陽射しが、縁側に降り注いでいた。

できれば障子を開け放して、初夏の風を感じたいのではないだろうか。閉めきられた障子が、主の定太郎が置かれた今の状況を示しているように思えた。

「若女将は？」

隼之助の問いかけに、配下が答える。

「一緒にいます」

「床下に忍びこませますか」

才蔵が口を挟んだ。台所の下働きとして、もうひとり、配下が潜入している。あらかじめ多聞が送りこんでおいたのだが、今しか考えられない者は鬼役にはなれない。父が求めているのは、先んじて動ける者だった。

「いや。今少し様子を見る」

「わかりました」

「あと、さして重要な事柄ではないかもしれませんが」

前置きして、配下のひとりが続けた。

「白井藩への御進物として、鯉の焼き物が贈られたようです」

「なに？」

隼之助は目をあげる。

「鯉の活（いき）づくりではなく、鯉の焼き物か」

念のために確かめた。

「はい。台所頭が、そう言っているのを聞きました」

「そういえば、〈加納屋〉は殿持（とのもち）だったな」

小声で呟（つぶや）いた。

殿持とは、関わっている大名家の祝儀不祝儀に、御進物を差し出す御用達（ごようたし）のことだ。

〈加納屋〉も妙な気配があるが、白井藩でもなにか起きているのではないか。

「流行病（はやりやまい）か、それとも殺（あや）められたか」

「すぐに連絡（つなぎ）を取ります」

動こうとした才蔵を、素早く制した。

「待て」

隼之助の目は、開きかけた障子に向いている。定太郎が廊下に出て来た。探すように目が動き、雪也と将右衛門を見る。二人が振り向いた。目が合ったのをこれ幸いと、隼之助は、立ちあがって会釈する。

「そこにいたのか」

定太郎が声をあげた。

「来なさい」

呼ばれて、素早く身支度を調えた。帯にからげていた着物を戻して、埃を払いながら皺を伸ばした。樽の水で顔を洗ったが、あまりにも醤油の匂いがきつくて噎せ返りそうになる。顔の皮膚もひりひりと痛んだ。

「床下に潜りこみます」

才蔵が手拭いを差し出した。応とも否とも言わずに、隼之助は中庭を横切って、客間の方に向かった。雪也と将右衛門の横を、素知らぬ顔で通り過ぎる。廊下で待っていた定太郎は、あきらかに安堵の表情を見せた。

「あがりなさい。〈慈光屋〉さんが、おいでになっているんだよ。新しく入った若い衆の話を、是非、聞きたいと言われてね」

「ですが」

隼之助は強い警戒心をいだいた。新参者に興味を持つのは、鬼役の配下であることを察したからではないか。噂はひそかに広まっているのかもしれない。疑いを確かなものにするために、話を聞きたいと言ったのではないのか。

「ご挨拶するだけですよ。さあ、おいで」

定太郎に言われて、仕方なく廊下にあがる。〈慈光屋〉も小網町に見世を持つ醬油問屋だが、〈加納屋〉と違い、老舗だった。定太郎にとっても厄介な相手であるのは間違いない。あるいは八組造醬油仲間の頭役として、組合に入れと、脅しまがいの説得に訪れたことも考えられる。

「お待たせいたしました。これが先程、お話しいたしました壱太です」

紹介されたが、隼之助は廊下に控えていた。話ができていたのかもしれない。若女将の紀野が静かに立ちあがる。

「壱太です」

答えた隼之助の横を、若女将が通り抜けて行った。

「ほう。ずいぶんと若いようだが」

〈慈光屋〉の主は、上座にふんぞり返っていた。番頭や手代といった奉公人は連れていない。細くすぼめられた目の奥に、読み取れない感情が見え隠れしている。一筋縄ではいかない四十男というのが、隼之助の印象だった。

「年はいくつだ」

訊かれたが、隼之助は、定太郎に答えをゆだねる。

「二十二だそうです。こちらは〈慈光屋〉さんですよ。とにかく、そこを閉めて、中に入りなさい」

「はい」

逆らうわけにはいかない。言われたとおりにしたが、いったい、どんな話があるのか。緊張を解かずに畏（かしこ）まっている。

「話を戻すが」

主は重々しく口を開いた。

「江戸では産地の醬油の醸造家が、江戸の醬油問屋、つまりは、わたしの見世のような問屋だが、そこに品物を託して売るというやり方を取っている。ありていに言うとだな、〈加納屋〉さんのやり方は通らないんだよ。八組造醬油仲間に入ってもらわないことには、この先、続けていくのはむずかしくなると思うがね」

完全に隼之助を無視していた。目は眼前の定太郎にだけ、向けられている。話の内容もまた予想どおりといえた。従来のやり方に従わないばかりか、新しく醬油仲間を立ち上げようとしている〈加納屋〉は、目の上の瘤（こぶ）。なにがなんでも従わせようという、威圧感を放っている。

「壱太に訊きたいんですがね」

対する定太郎の目は、隼之助しか見ていない。

「懐石料理の基本を作ったのは、だれでしょうか。知らなければ知らないでかまいません。正直に答えてください」

さらに話の流れにまったくそぐわない問いかけを発した。〈慈光屋〉は訝しげに眉を寄せている。不快さを示すように、分厚い唇をゆがめていた。

「千宗易だと思いますが」

答えながら隼之助の頭には、「もしや」という疑問が湧いている。定太郎がここに呼んだ理由を、自分なりに推察していた。不安とともに、あまり考えたくない答えが浮かんでいる。

ちなみに、千宗易とは、のちの千利休のことである。

「そのまま続けてください。千宗易が作ったとされる一汁三菜。これをもとにする料理とは、どのようなものだったのか」

定太郎は告げた。

「材料の持ち味を大切にしました。贅沢や華美を競うのではなく、『頃』を得た旨さに重きを置く料理です。膳は折敷ひとつとし、飯椀・汁椀・向附・箸を配膳したとか。主役の煮物は、銘々に椀で供されて、折敷の外に置かれたそうです」

もはや不安は、確信へと変化していた。大胆な独立宣言を執り行うつもりなのではないか。それを証に定太郎は喜びを表し、〈慈光屋〉の主はますます不愉快な顔になる。

「〈加納屋〉さん。わたしは……」

「お待ちください」

定太郎はやんわりと遮る。

「壱太。次は醤油の話をしようじゃありませんか。材料を塩漬けにしたものを醤と言いますが、漬けるものによって、魚醤と草醤や穀醤に大きく分かれます。魚醤の中には、肉醤も入りますが、これはまあ、あまり好まれる醤ではありませんからね。除けておきましょう。魚醤、草醤、穀醤それぞれの特徴を教えてくれますか」

間違いない、これは隼之助を試す問答だ。わからないと答えるべきかとも思ったが、定太郎の賭けに乗る策もある。

――ええい、ままよ。

隼之助は肚をくくった。

「魚醤は、魚の内臓を塩蔵して造ったものです。草醤は、野菜や果実などを塩漬けにしたもの。そして、穀醤は、米・麦・豆などの穀類に塩を加えて、発酵させた醤であると思います。ちなみに草醤が漬物となり、魚醤が塩辛に、穀醤が味噌や醤油になったと言われております」

「そのとおりです」

満足げに頷いて、定太郎は、〈慈光屋〉の主に視線を戻した。

「近頃、江戸売りは、思うようにさばけません。てまえどもは地売り、つまり、江戸以外の土地への商いを増やしております」

江戸の醤油販売に関しては、これ以上、荒らすつもりはない。見のがしてくれないか、というような言葉に思えた。同じことを感じたのだろう、

「それはそれ、これはこれですよ」

主は頑として譲らない。

「野田の造醤油屋は、いまや銚子に迫る勢いだ。江戸における商いが、厳しくなるのは間違いない。地方売りを増やすのは、当然のことだろう。だが、江戸から完全に撤退しない以上、〈加納屋〉さんも八組造醤油仲間に入ってくれないと困る。他の醤油問屋にしめしがつかない」

どうやら〈加納屋〉は、新参者の旗手のようだった。対する〈慈光屋〉は幕府御両丸御用達を仰せつかっている見世だ。あらたに醤油の組合を作られてはたまらないと、

意気込んで来たのだろう。鼻息が荒いのも無理からぬことといえる。

「てまえどもは、あらたな組合を発足したいと考えております」

定太郎は挑むように言った。

「なに？」

主は顔色を変える。

――こちらに振ってくるか。

隼之助が思ったとき、

「〈慈光屋〉さんは、天下商人をご存じですか」

まさに定太郎は、考えていたとおりの言葉を発した。

二

「………」

主は、沈黙を返した。目が宙を泳いでいる。定太郎の真意をはかりかねていた。勝負を賭けたやりとりだと、隼之助はとうに気づいている。

「壱太」

定太郎は口を開いた。唇がわなないていた。

「はい」

隼之助も臍の下——丹田のあたりが、きゅっと締まるのを覚えた。背中を冷や汗が伝い落ちる。

「おまえはどうですか。天下商人の話を知っていますか」

訊ねる声が震えていた。

正直に答えるべきか、知らぬと首を振るべきか。

刹那の迷いを振り切る。

「存じております」

きっぱりと言い切った。

「一石橋近くの塩問屋〈蒼井屋〉が、天下商人の号をお上より賜ったと耳にいたしました。これはあくまでも噂ですが、主の猿橋千次郎は、かつて御公儀の勘定頭だったとか。もちろん、あくまでも噂でございますが」

主の名まで詳しく知っている者は、そう多くない。

「おまえは」

〈慈光屋〉の主が、目をみひらいた。一顧だにしなかった青二才に、くいいるような眼差しを注いでいる。もしや、鬼役か。〈加納屋〉に天下商人の号を与えるべく、奉公したのか。すでに大御所家斉の後ろ盾を得ているのか……。

「そう、あくまでも噂です」

定太郎は曖昧にごまかした。

「〈加納屋〉も天下商人の号を賜れば、江戸でも自由に商いができるのではないかと思っているのですが、たやすいことではありません。女房も『夢ですね』と言っておりました。願いです。はたして、かなう日がくるかどうか」

と、さも意味ありげに、隼之助を見やる。目を逸らさずに受け止めるしかなかった。否定も肯定もできないが、実現の可能性があることを、遠まわしにでもいいから伝えたかった。

無言のやりとりをどう思ったのか、

「出直すとしよう」

〈慈光屋〉の主が言った。渇いた喉を湿らせたかったのだろう、冷めた茶をごくごくと飲んだ。

「江戸の商いは、今まで以上に、むずかしくなりそうだ。老舗の〈慈光屋〉は幕府御両丸御用達、新参者の〈加納屋〉がめざすのは天下商人か」

吐き捨てるような言葉を、定太郎はにこやかにかわした。

「めっそうもない。賜ればよいのですが、という願いにすぎません。幸いにもてまえどもの濃口と甘露醤油は、お客様にご好評をいただいております。できる限り、値をさげていきたいと考えております」

「他で儲けていれば、それもできるな」

主は皮肉まじりの言葉を返した。

「ま、何事もやりすぎないのが肝要だ。昨日も剣呑な輩が現れたらしいじゃないか。外にいる用心棒は、連中を追い払うための苦肉の策か」

「いえいえ、殿岡様と溝口様は、てまえどもの知り合いでございます。しばらくご滞在いただくことになりまして」

「ものは言いようというやつか。わたしはむずかしいことを言っているわけじゃない。八組造醤油仲間の、やり方を会得してほしいという、まさに願いなんだがね」

他で儲けている、何事もやりすぎないのが肝要、やり方を会得してほしい。三つの言葉が、隼之助の頭に引っかかった。

「やり方は、わかっているつもりです」

定太郎は笑みをくずさずに、立ちあがった〈慈光屋〉を見送りに出た。昨日のやくざ騒ぎのときも、青ざめてはいたものの、ぴしゃりと要求を突っぱねている。

――たいした男だ。

客間にひとり、残された隼之助は、無意識のうちに懐の短剣を握りしめていた。木藤家の隠し紋とされる青龍（せいりゅう）が彫られた短剣。これを定太郎に見せれば、おそらく鬼役であることがわかるはず。武器として使うだけでなく、手札の役目もはたす短剣なのだが、示すのはまだ早すぎるのではないだろうか。

視線を感じて、ふと目をあげる。跡取り娘の紀野が、廊下に立っていた。隼之助は客間に座したまま、頭をさげる。

「おまえは」

問いかけを含んだ呟きは、口の中で消えた。

「ご苦労様でした。仕事に戻りなさい」

「はい」

隼之助は立ちあがって、紀野の横を通り過ぎる。本当は鬼役なのかと問いかけたかったのかもしれない。だが、夫婦の胸には、罠（わな）かもしれないという疑いもあるだろう。鬼役を装って潜入した奉公人を、信じたばかりにすべてを失う愚は犯したくないと、用心深くなっているように見えた。

――なにかを隠している。

意味ありげなやりとりが、繰り返しひびいていた。他で儲けている、何事もやりすぎないのが肝要、やり方を会得してほしい。隼之助は庭に降りて、井戸の方に戻り始める。定太郎に付いて行ったのか、雪也と将右衛門の姿はなかった。

「短剣を見せますか」

井戸に行くと、才蔵が囁いた。みずから床下にもぐりこみ、会話を盗み聞いていたに違いない。髪や着物についた埃や蜘蛛の巣を払い落としていた。

「いや、今少し様子を見たい」

隼之助は樽を洗う作業に戻る。才蔵と配下のひとりも、桶で水を汲み上げていた。次から次へと運びこまれる空樽は、昨日から数が減っているようには見えない。相当数、使われているはずだが、その分を補うほどの空樽が、すぐに運びこまれるわけだ。

「運びこまれる空樽の量が半端じゃないな。そうか。もしかしたら、他で儲けているというのは、この樽やもしれぬ」

「空樽が商いになるのですか」

配下が問いかけた。

「むろんだ。『明樽商売』と言ってな。立派な商いになるばかりか、儲けが大きい」

隼之助は簡単に説明する。

明樽は、空樽のことで、酒・醬油・油などの容器として使用された樽は、廃棄されることなく、回収されて再利用された。特に酒樽は下り酒とともに、上方から大量に江戸へ運びこまれたが、関東の醬油醸造業者は、酒の四斗樽に手を加えて、河川輸送に適した小樽に醬油を入れて出荷した。

「なるほど。廃品を利用すれば、儲けが多くなりますね。新しく樽を造るよりも、ずっと割がいいはずだ」

才蔵が同意する。

「明樽問屋にも仲間があるんだが、〈加納屋〉はそこにも入っていないのかもしれないな。他の問屋よりも高値で空樽を買えば、売る方は『うちも〈加納屋〉さんで』となる。仲間に加わっている問屋は面白くない」

「面白くないから、やくざを送りこむ、ですか」

と、才蔵。

「そう考えると、〈慈光屋〉の意味ありげな態度も得心(とくしん)できる。だが、〈加納屋〉は儲けた分を客に還(かえ)すという考えのようだ。おれは悪くないと思うが」

「明樽問屋の方も調べてみます」

視線で背後を指した。なにげない足どりで、雪也が近づいて来る。藤色のいささか派手な着流しが、手入れの行き届いた中庭に合っていた。隼之助は桶で水を汲み上げる。雪也は手を洗うふりをしながら言った。

「昨夜はすまぬ。佳乃が迷惑をかけた」

「気にするな」

「波留殿はまだ橘町の家にいるとか。隼之助が言うたように、粉屋で饂飩の三番粉を買い、『優曇華餅』なるものを作ってみたそうだ。なかなかの出来だと、味見した将右衛門が言うていた」

「饂飩と優曇華を掛けた名か。うん、悪くない」

「〈船津屋〉のことだが、倅の銀次郎とやらは、薬の行商をしていると聞いた憶えがある。間違いないか」

盟友たちに調べを頼んだのは、用心棒役の話が出る前だが、二人とて暇だったわけではない。忙しいのにすまないと、心の中で詫びた。

「母親の松代さんからは、そう聞いている」

「そうか。いや、もう少し調べて……」

「壱太」

番頭が姿を見せた。

「甘露醬油を白井藩に届けてください。向こうにも空いた樽がありますからね。引き取るのを忘れてはなりませんよ」

「わかりました」

白井藩には、すでに配下が潜入している。話を聞くには、ちょうどいいかもしれない。〈加納屋〉が鯉の焼き物を、御進物として届けた理由。白井藩が取り込んでいる最中なのは、おそらく確かだった。

三

鯉の焼き物は、不吉の膳である。

逆に鯉の活づくりは目出度い席の料理とされた。白井藩の殿持の〈加納屋〉が、鯉の焼き物を御進物として届けたのはすなわち、だれかが死んだ証となる。

「下屋敷に隠居していた前殿様が、お亡くなりになられたという話だ」

男が言った。隼之助は甘露醬油を届けるために、奉公人の中年男と、荷車で醬油樽を運んでいる。藩邸での葬儀はすでに終わったのか、二人は本所猿江町の下屋敷に向かっていた。からりと晴れた初夏らしい爽やかさの中、隼之助は荷車の梶棒を曳いている。

「お年だったのですか」

肩越しに訊いた。

「いや、確かまだ四十かそこらだ。なんとかっていう唐だかなんだかの、酒を飲んでいたらしいな。精をつけるためだったのかもしれないと、番頭さんは言っていたよ。子作りに励みたかったのかもしれん」

男は荷車の後ろを押しながら、しごく真面目な顔で答えた。二人は竪川の河岸沿いの道を、真っ直ぐ東に進んでいる。後ろに香坂伊三郎がいるはずだが、気配はまったくとらえられない。三ツ目之橋を右に見て、通り過ぎた。

──若隠居とは言えぬ年だが、白井藩はすでに代替わりしていたはずだ。

隼之助は、才蔵から渡されていた調書を頭に広げている。現在の藩主は、森川出羽守俊民で、年は隼之助と同じく二十二。若年ながらも寺社奉行の御役目を賜っているのは、賄賂や付け届けのお陰に違いない。実力以上の地位に就いた藩主は、さらに奏者番への昇進を望んでいる。苦労するのは、家臣かもしれなかった。

──松代さん。

横川に架かる北辻橋を渡ったとき、東詰の八百屋に松代がいるのを見た。向こうも隼之助に気づいて会釈する。

「夜に伺います」

大声を張りあげながら、荷車の梶棒を操って、今度は竪川に架かる新辻橋を渡った。四ツ目橋付近は、早朝、野菜を運ぶ行徳船で動きが取れないほどになる。飯屋と居酒屋を兼ねた〈ひらの〉の客になる百姓たちだが、今は彦市夫婦に挨拶(あいさつ)している暇がなかった。

――弥一郎殿は、どこにいるのか。

ここでも弥一郎をつい探していた。隼之助の足跡(そくせき)を追うように、姿を見せている弥一郎。弟の慶次郎もあの後、どこかに姿を消していた。二人は今頃、なにを思っているのだろう。まさに春疾風(はやて)が吹いたあの日、木藤兄弟の運命は大きく変化している……。

「そこを左だ」

男に言われて、はっとした。

「すみません」

隼之助は梶棒の左側に体重をかけ、菊川橋を右手に見ながら左に曲がる。角から二軒目の屋敷が、白井藩森川家の下屋敷だった。

——なんだ、この匂いは。

鋭い嗅覚が不可思議な香りをとらえた。いやな匂いではないのだが、あまりにも入り交じりすぎて、多少、不快なものになっている。

鼻をひくつかせる様子を不審に思ったのか、

「どうした」

男が訊いた。

「いえ、おかしな匂いがするものですから」

「おかしな匂い？」

男も大きく息を吸いこんだが、なにも感じられなかったに違いない。

「裏店の小便臭さしか、しないがね」

と、苦笑いする。表門の横の潜り戸を叩き、〈加納屋〉の名を告げた。左右と後ろを武家屋敷に囲まれている屋敷は、総面積が二千四百坪。もしかしたら、裏門がないのかもしれない。荷車は、内側から開けられた門を通り抜けて屋敷内に入った。

すでに連絡がついていたのだろう、

「〈加納屋〉さん、お待ちしておりました。お手伝いいたします」

待ち構えていたのは、配下のひとり、勇雄である。年は二十五だが、目端の利く良助同様、使える男だった。送りこんだのは昨日なのだが、台所の下働きとして、古くからいた奉公人のように堂々としていた。

「宜しければ、どうぞ、あちらでお休みください。麦湯と蕎麦を振る舞う支度を調えておきましたんで」

如才なく勧めた。指し示された門番所を、男はちらりと見やる。すぐにでも行きたいような顔をしていた。

「わたしは荷を降ろしてからにいたします。手伝っていただけるようですので、どうぞおかまいなく」

隼之助が告げると、中年男は相好を崩した。

「それじゃ、お言葉に甘えさせてもらうとするか。いや、近頃はどうも腰の具合が悪くてな。荷車を押すのが、辛くなっているんだ」

言い訳がましく呟いて、門番所に足を向ける。隼之助は勇雄と目配せし、荷車を台所の方に運び始めた。奇妙な香りは屋敷に近づくにつれて、強くなってくる。どこかで嗅いだ憶えのある匂いだったが……思い出せない。

「前殿のご遺体は、まだ藩邸です」

勇雄は言い、荷車から醤油の樽をおろした。

「初七日までは藩邸だろうな」

「濃口と甘露醤油は、いつもどおり、御城と西の丸にお届けするとか。白井藩は言うまでもなく物忌み(ものい)の最中であるため、遠慮した方がよいのではないかとお伺いをたてたそうですが、大御所様がいたくお気に召しておられる由。一日も欠かしてはならぬという、ご命令を賜っているそうです」

塩と砂糖もそうだが、醤油もなくてはならない品。さらに、たとえ物忌みであろうとも、届けたい気持ちは、現藩主の俊民にもあるのではないか。

「逆にこういうときこそ、と、思うているのやもしれぬ。株をあげるには、よい機会やもしれぬ、とな」

話しながら隼之助も樽を台所に運んだ。井戸端には〈加納屋〉を髣髴(ほうふつ)とさせる風景が見える。空の大樽が積みあげられていた。

「帰りには、あれを積みこむのです」

視線を読み、勇雄が言った。

「白井藩で使った樽だけではなく、他藩のさまざまな屋敷からも運ばれて来るようです。さながら樽の集積場でしょうか。洗うだけでも大変ですよ。醤油の匂いが、染みついてしまって」

「その苦労はわかる」

隼之助は笑って、肩を叩いた。

「白井藩は〈加納屋〉に、空樽をまわしているんだろう。一樽につき、幾ばくかの銭が入るのかもしれぬ。明樽商売に力を入れたのは、今の主、定太郎かもしれないが、いずれにしても遣り手であるのは確かだ」

それはそうと、と、隼之助は話を変える。

「前藩主の死に不審はないのか」

「わかりません。何事もなく検視を終えていますが、あてになるかどうか」

勇雄の疑問はもっともだった。ここでも賄賂や付け届けがものを言うのが常、不審な死であろうとも、闇から闇に葬り去られるのが武家の習いだ。

「一緒に来た男によれば、前藩主は、唐だかなんだかの酒を飲んでいたらしいが、実は毒ということもありうる話だ」

唐だかなんだかの酒。繰り返した部分が、閃きをもたらした。

「そうか。『満殿香酒』やもしれぬ」

「は？」

勇雄は怪訝そうに眉を寄せる。聞き慣れないひびきだったに違いない。樽を降ろしながら、物言いたげな眼差しを投げていた。

「『体身香』に用いられる唐の酒よ。簡単に言うとだな、香りを放つ材料を飲み、身体から邪気を追い払う療法だ。病を治すとされている」

『満殿香酒』は、唐でも非常に珍しいとされる酒だ。読んで字のごとく、高い芳香を発するとされている。

白檀、当帰、五加皮、沈香、桂心といった名だたる香木が七十余種、そして、麝香、抹香といった動物香が数種の、合計八十種に及ぶ香材を、挽き砕いて粉末にし、これを白酒――日本で言うところの焼酎に浸して、長期間、置く。白酒はそれらの香材から、香の成分と薬用成分を抽出し、酒は素晴らしい芳香を放つようになるのだった。

「この酒を毎日、小さな杯で朝夕一杯ずつ飲めば、五日後には身体からお香の匂いが発せられる。十日後には衣服に薫りが移り、二十日後には擦れ違う人が振り返るほどの薫りを漂わせるようになるとか。三十日目にして、身体に宿っていたすべての病が、この霊香のために追い出されて、健康な身体に戻るというわけだ」

「へぇえ」

勇雄は感心したように、隼之助を見た。

「お頭、あ、いえ、小頭は、本当に色々なことをご存じなんですね」

慌てて言い直したが、思わず周囲を見まわしている。

「世辞は要らぬ。簞笥に樟脳を入れて、悪い虫を追い出すのに似ている療法よ。さながらわれらは『満殿香酒』やもしれぬ」

「藩内に溜まった悪い膿を、追い出す御役目ですか」

「そんなところだ」

世辞は要らぬと言いつつ、返すような言葉を言う自分に、隼之助は驚いていた。波留との婚儀が現実のものになって、少し舞いあがっているかもしれない。

「白井藩の前藩主は、唐の『体身香』を試していたのやもしれぬな。そうであれば、この異様な薫りも得心できる」

鼻に皺を寄せ、不快感を示した。おそらく隠居した前藩主は、この下屋敷を使っていたはずだ。庭中にあふれるほどの芳香は、主なき屋敷の哀しみを示すかのよう。はたして、薫りは『体身香』によるものなのか。

「奇妙な健康法を試していたという話は、わたしも聞きました。それが小頭の言う『体身香』であるのかどうかはわかりませんが」

「得体の知れない療法を利用して、毒を服まされたのやもしれぬ。おれは一度だけ、飲むというか、嘗めたことがあるがな。『満殿香酒』は香りだけでなく、味も濃い酒だった。くらくらして、二日ほど、寝込んだ憶えがある」

「毒を混ぜられても、わかりませんか」

「ああ、わからないだろう。仮に亡骸を調べて不審が出たとしてもだ。さいぜんも言うたように、賄賂と付け届けで、不問に付すとなる。他にはどうだ。薩摩藩との繋がりを感じさせるような動きはないか」

届けた醤油樽は運び終えたため、空樽を荷車に積み始めた。相当な数の大樽が重ねられている。崩れ落ちないように積みあげるのは技が必要かもしれない。

「昨夜から蔵の荷を調べているのですが、まだすべての蔵を調べてはおりません。ですが今までのところ、これといったおかしな点はないように思えます」

「引き続き、調べろ。まあ、此度の葬儀も異変と言えなくもないが」

前藩主は、もはや、なにも語れない。なにかしら異変が起きているはずだ。

強い芳香だけが、下屋敷に満ちていた。

四

「波留殿、本当に大丈夫なのか。屋敷に戻られた方がよいのではないか。才蔵に送らせるゆえ、今からでも戻られよ」

隼之助は言った。〈加納屋〉を早めに辞して、いったん橘町の家に戻ったのだが、そこには波留が待っていたのである。

時刻は暮六つ（午後六時）になろうという頃か。

橘町の家を出た隼之助は、波留とともに昼間と似たような道を辿っていた。竪川沿いに東へ真っ直ぐ進み、横川に架かった新辻橋を渡り始めている。川沿いの居酒屋や飯屋の店先には、屋号が入った提灯に明かりが灯されていた。

「松代さんにお目にかかりたいのです。試しに作ってみた優曇華餅を、松代さんにも是非、試していただきたいと思いまして」

「気持ちはわからぬでもないが」

「優曇華餅は、美味しくありませんでしたか」

波留は、隼之助の顔を覗きこむ。首を傾げたその仕草が可愛らしかった。ゆるみかけた口もとを慌てて引き締める。後ろに付く才蔵の姿が、視野に入ったからだ。香坂伊三郎には、休むよう伝えたため、護衛役には加わっていない。

「いや、旨かった。水で薄めた水飴で、薩摩芋を茹でるというのがいい。芋に甘みが足りなくても補えるゆえ」

「砂糖は高くて、駄菓子にはとても使えませんが、水飴ならばと思いまして」

「饂飩の三番粉を用いた皮も悪くなかった。過日も言うたと思うが、信州のおやきを真似て、高菜漬や、椎茸と牛蒡を煮た具などを入れるのも旨そうだ。細かく刻めば、年寄りにも食べられる。おやつには最適よ」

「松代さんも喜んでくれるでしょうか」

「気に入ってくれるに違いない。作り方も簡単だからな。できれば〈船津屋〉に戻って、優曇華餅を旅籠の売りにしてほしいものよ。倅の銀次郎さんも、それを願っているであろう。両親が別居しているのは、楽しいことではないはずだ」

「家族が力を合わせて商いにせいを出すのが、〈だるまや〉の願いでございますね」

「うむ」

左手に〈ひらの〉の提灯が見えてきた。彦市夫婦の邪魔をしてはなるまいと、挨拶はしないで通り過ぎる。波留も提灯に名残惜しげな目を向けていた。

「明かりがどことなく、誇らしげでございますね」

「そうだな」

つい同意していたが、

「波留殿は、話をごまかすのがうまくなられた」

苦笑いしながら続けた。

「今からでも急ぎ、屋敷に戻られよ。われらはまだ祝言をあげておらぬ。おかしな噂をたてられるのは、好ましいことではない」

「ご案じなされませぬよう。今宵は、おとらさんの家に泊めていただきます。先程、お願いいたしましたら、快う引き受けてくださいました。隼之助様に、ご迷惑はおかけいたしません」

想いを秘めた眸に、一瞬、気持ちが揺れたが、侍の意地をとおした。

「ならぬ」

「わかりました。仰せのとおりにいたします。ですが、松代さんにだけは、お目にかかりたく思います。そのあとは家に戻りますので」

と、波留は風呂敷包みを抱え直した。出て来る前に作った優曇華餅が、重箱に綺麗に詰められている。本当は隼之助のために、総菜を作り置きしておくつもりだったのだろう。使いこまれた重箱の中身が、優曇華餅というのは、いささか不釣り合いかもしれない。水嶋家の家紋が、不満を洩らすかもしれなかった。

「では、早めに話を終わらせるとしよう」

言い聞かせるような言葉が出た。本音を言えば波留と一緒に夜を過ごしたい。が、今はこらえるべきだと、懸命に繰り返している。

「白井藩の前藩主は、『満殿香酒』を飲んでいたらしゅうてな。下屋敷には息苦しくなるほどの薫りが満ちていた。波留殿は『体身香』を存じよるか」

わざとらしく話を変えた。

「話だけは耳にしたことがございます。強い薫りを放つ香材を、白酒に漬けたお酒だと、父から聞いた憶えがあります」

「健康を保つために飲んだ酒が、命を奪う毒酒になるとは、思いもよらなんだであろうな。いや、一服、盛られたかどうかはわからぬが」

「恐い話でございますね。これも父に聞いたのですが、白井藩の現藩主、森川出羽守様は、野心あふれる若き藩主であるとか。若年寄になるべく、重臣への根まわしも怠らない由。その野心を利用されなければよいがと案じておりました」

「おれも同じ考えだ。出羽守様は、すでに利用されておるやもしれぬ。前藩主の急死が届け出どおり、病であればいいのだがな」

波留との道行きは、驚くほど短く感じられた。松代が住む裏店に着いてしまったのが、残念でならない。

「波留殿はここにおられよ」

言い置いて、隼之助は松代の家に向かった。九尺二間の棟割り長屋の家には明かりが灯っている。煮炊きをする匂いや、子供の泣き声、家族の語らいといったものが、幸福なざわめきとなって路地に満ちていた。

「松代さん、遅くなりました。〈だるまや〉の壱太です」

声をかけると、すぐに戸が開いた。

「そろそろ来る頃だと思っていたんですよ。さあさあ、あがってくださいな。ささやかですけれど、夕餉の膳を調えておきました」

「いえ、そんなつもりは」

「遠慮はいりませんよ。倅がいないときは、壁を見ながらひとりで膳を摂るんです。わびしいといったらありません。せめて、今宵ぐらいは、相手をしてくださいな」

「御相伴に与ります、と言いたいところですが」

隼之助はちらりと木戸を見やった。波留が笑顔で会釈をする。ひとめで武家娘とわ

かるはずだが、松代は敢えて口にしなかった。よけいな詮索をされたくないので、隼之助も紹介しなかったが、

「おや、お連れさんですか。かまいませんよ。ご一緒にどうぞ」

流石は旅籠の女将、気さくに二人を招き入れる。厚意に甘えて、隼之助は波留と一緒に座敷にあがった。夕餉の膳が調えられる間、手短に優曇華餅の話をする。饂飩の三番粉で皮を作り、中に水飴で煮からめた薩摩芋を入れてはどうか。

「優曇華餅ですか」

松代はあまり気乗りしない様子だった。

「要はとうきび餅でございましょう。駄菓子のようなお餅が、売れますかねえ」

「そう仰るのではないかと思いまして、見本を作って参りました。水飴を薄めたもので、薩摩芋を煮たのですが、これがなかなか美味しく出来まして」

隼之助は、波留が手渡した風呂敷包みを広げる。重箱の立派さに負けるのではないかと思ったが、蓋を開けたとたん、松代は声をあげた。

「あら、まあ、綺麗だこと。柏餅のようですね」

「庭の柏の木から綺麗な葉を取って参りました。重箱にそのまま並べると、お餅同士がくっついてしまいますので、柏の葉で巻けばいいと思いまして」

波留が説明する。

「そういえば、そろそろお節句ですねえ。知っていますか。柏の木は、『ゆずり葉』とも呼ばれているんですよ。若葉が育つまでは、前の葉が落ちないから『ゆずり葉』。美しい言葉でしょう？」

松代は目を細めて、優曇華餅をひとつ取る。

「どうぞ召しあがってください」

隼之助は促した。

「では遠慮なく」

柏の葉を取って口に入れる。二人は松代の口もとを無言で見つめた。どんな感想が出るだろう。旨いか、不味いか。はたまた少し物足りなさを覚えるか。

「上品な、よいお味です」

松代の返事に、隼之助は肩の力をぬいた。

「そうですか」

「ですが、ちょいとこくが足りないように思えます。わたしのような年齢の者はともかくも、子供や若い人には不満が残るかもしれません。薩摩芋を油で揚げてみたらどうでしょうか。揚げた薩摩芋を、水飴入りの水で煮からめる。くどくなりすぎますかね」

「ああ、悪くないかもしれません。試してみますか」

隼之助の申し出に、松代は首を振る。

「薩摩芋がありませんよ。明日にでも買ってきましょう。ただ薩摩芋が美味しくなるのは、冬ですからねえ」

「そう思いまして、夏には南瓜を考えました」

「なるほど」

松代はぽんと膝を打つ。

「いい考えです。南瓜も美味しいでしょうね。南瓜ならば、油で揚げなくてもいいかもしれません。ま、今宵はとにかく夕餉と参りましょうか」

立ちあがると、茶碗に飯をよそい、椀に味噌汁を注いだ。波留がそれぞれの膳に運び、ささやかな夕餉の膳となる。切り干し大根の煮物、淡口醤油で炊いた若竹煮、糠漬け、豆腐と油揚げの味噌汁に炊き立ての飯という、ごく普通の献立だ。

箱膳が二人分しかなかったので、松代は盆を膳代わりにしようとする。

「わたしの膳をお使いください」

隼之助は自分の膳を渡そうとしたが、松代は頑なにこれを拒んだ。

「今宵、お二人はお客様。膳をお使いくださいな」

「それでは」

頭をさげて隼之助は、まず味噌汁をひと口、味わった。

五

「…………」

愕然とした。

——味がしない。

まさかと思い、切り干し大根を口に入れる。若竹煮も慌てて食してみる。次は糠漬け、いくらなんでも漬け物の味がしないなどということは……。

なんの味もしなかった。

試しに炊き立ての飯も食べてみる。いつもなら、米の甘みとともに、どこで穫れた米であるかまで浮かぶのだが……浮かばなかった。

まるで砂を食べているかのよう。じゃりじゃりして、食べ物を噛んでいる感じがしない。筍の瑞々しい香りや、豆腐の大豆の旨味といった繊細な味が、まったくとらえられない。

隼之助は狼狽えた。

――おれの舌がどうかしてしまったのか？

とっさに波留が作った優曇華餅を口に放りこむ。皮は三番粉ゆえ、風味が飛んでしまっているが、水飴で煮からめた薩摩芋は、じんわりと甘さが舌に広がった。薩摩芋のほのかな甘みだけでなく、水飴のさらりとした感触までもが、心地よく舌に残った。

「おや、壱太さんは、わたしの総菜よりも、お連れさまが作った優曇華餅の方がいいですか」

松代の言葉に、慌てて首を振る。

「そんなことはありません」

「むきにならなくてもいいですよ。優曇華餅は悪くない味です。倅が戻って来るまでに、南瓜でも試してみましょう」

「そうですね」

隼之助は試しにもう一度、飯や味噌汁、総菜といった品を食べてみる。やはり、味がしなかった。

――わからぬ。

生まれてこのかた『味がしなくなる』などという経験は一度もしたことがない。体調が悪いのではないかとも思ったが、これといった症状は出ていなかった。味噌汁や若竹煮の匂いは、それなりに感知できるのだが……肝心の味が、いっさいしなかった。

なにが起きているのか。

自問しながら早々に辞した。

かなり青ざめていたのかもしれない。

「いかがなされましたか」

松代の家を出たとたん、波留が問いかけた。

「お顔の色がすぐれませぬ」

「そなたは、松代さんの料理を食べてどう感じた。普通に味がしたか。煮物や味噌汁の味が、ちゃんと感じられたか」

「ええ、味はついておりました。隼之助様、あ、いえ、壱太さんは、味を感じられなかったのですか」

だれかに聞かれるのを懸念したに違いない、名前を言い直した。二人は裏店の木戸に立ったまま話している。通りに出て顔を見られると、才蔵も異変に気づくかもしれない。無意識のうちにそれを懸念したのかもしれなかった。

「ああ、感じられなかった」

味がしなかった衝撃を、思い出しながら頷き返した。

「優曇華餅はいかがでしたか」

「普通に味がした」

「もしかすると、松代さんの作った料理だけ、味がしないのかも……」

「なぜだ？」

鋭く言った。

「おれの舌がおかしくなったのやもしれぬ。味をとらえられなくなったのではないか。なにも感じられなくなったのではないか」

冷や汗が滲み出た。自分の舌が『鬼の舌』かどうかはわからない。が、多聞や膳之五家ばかりか、大御所家斉までもが強い期待を持っているのは、いやというほど感じている。だが、もし、この舌がなにもとらえられなくなったとしたら……？

「おれは、どうしたらいい。木藤家には用無しだ、役立たずの厄介者だ。鬼役どころではない、小頭の御役目さえもはたせぬ」

がくがくと膝頭が震えた。とても立っていられない。崩れ落ちるように木戸のところに座りこんだ。先刻までは鬼役として、木藤家の惣領として、ゆるぎない自信にあふれていたのだが……。

「大丈夫です」

波留が抱えこむように後ろから抱きしめた。

「かようなことになろうとも、隼之助様は隼之助様です。なにも変わりませぬ。〈だるまや〉として、コツコツと働けばいいだけのことではありませんか。わたくしはそれで充分です」

壱太と言い直すのさえ忘れている。波留も動転しているのだろうが、懸命にそれを押し殺していた。

「なれど」

「いつも言うておられる言葉は、偽りでございますか。いざとなれば〈だるまや〉として生計(たつき)をたてていこうと、仰(おっしゃ)っているではありませんか」

はっとした。

「偽りではない。なれど本気ではなかった」

いかに今までが、口先だけの言葉だったのかを思い知った。駄目だったら〈だるまや〉があると、口では言いながらも心のどこかで思っていた。

おれは鬼役だ。

と。それが揺らいだとき、隠れなき本心があらわになった。綺麗事で覆いつくしていた気持ちが消えて、残酷な現実を突きつけられた。

――気づかぬうちに舞いあがっていた。

足の震えが止まる。背中を覆っている波留の身体の温もりが、隼之助を包みこんでいた。どんなときにも波留がいてくれる。たとえ裏店暮らしになろうとも離れはしない。

波留の強さにあらためて感謝した。

「すまぬ」

隼之助は波留の手に手を重ねる。目を見る勇気がなくて、後ろを見られない。前を向いたまま、波留の手のぬくもりを確かめている。

「無様な姿を見せた」

「いいえ、いいえ。わたくしは嬉しゅうございます」

「波留殿」

肩越しに振り向いた。すぐ後ろに涙目の波留の顔があった。抱きしめようとしたが、人の気配を感じて、立ちあがる。

「いかがなされましたか」

才蔵が路地に姿を見せた。河岸沿いの道に出て来るのを待っていたのだろう。あまりにも遅いので案じたに違いない。その様子が声や表情に表れていた。

「なんでもない」

「申し訳ありませぬ。わたくしです。急に差しこみまして、動けなくなりました。少し〈ひらの〉で休みたいのですが、宜しいでしょうか」

波留が気を利かせてくれた。万事、行き届いている。ほど近い彦市夫婦の見世で休めれば、かなり楽になるはずだ。

「様子を見て参ります。お二人は、ゆるゆるとおいでください」

才蔵は隼之助にじっと目をあてていた。気づいたようだったが、彼の者も波留同様、すぐれた資質の持ち主。よけいなことは口にしないで、河岸沿いの通りに走った。

「〈ひらの〉で少しお酒をお飲みになられるのが宜しいと存じます。そうすれば、わかるのではありませんか」

舌が正しく働いているかどうかを、確かめてみようと告げていた。酒は普通の食べ物よりも刺激が強い。それが感じられなければ、本当におかしいということになる。おそろしかったが、はっきりさせなければならなかった。

「そうしよう」

歩き出した隼之助の着物を、波留は丁寧に叩いている。うずくまったときに付いた土を払い落としていた。

「大丈夫です。松代さんの料理だけだと思います。〈船津屋〉さんには、なにか理由があるのでしょう。だからこそ〈だるまや〉の出番になったのですから」

波留が言った。自分に言い聞かせているような感じがした。理由ありの客、外れ公事。いつも〈切目屋〉の女将——志保が言う言葉だ。

「そういえば」

隼之助はふと思いついた。

「昼間、雪也がなにか言いかけたな。将右衛門と一緒に、〈船津屋〉の知辺や松代さんのことを調べてくれたようなんだが」

「話を聞けなかったのですか」

「うむ」

恢復しないふりをして、隼之助は、波留の肩を借りていた。河岸沿いの道に出るまでの、短いふれあい。どこかで配下が見ているのはわかっていた。それでもふれていたかった。愛しい女子の身体に……。

「だれだ？」

隼之助は緊張する。河岸沿いの道に出て右を見たとき、旅所橋(たびしょばし)の手前に平伏する人影が在(あ)った。

「慶次郎でござる」

木藤家の三男坊は、平伏したまま告げた。

「父上におとりなしいただけぬかと思い、お願いにあがりました次第。なにとぞ、なにとぞ、宜しくお願い申しあげます」

顔をあげようとはしない。

あらたな罠(わな)の始まりかもしれなかった。

六

「〈蒼井屋〉の中庭で、兄、弥一郎の姿を見かけ申した。急いで追いかけたのでござるが、途中で見失いました次第。まさか、かような罠が仕掛けられていたとは、思いもいたしませなんだ」

慶次郎は言った。〈ひらの〉の小あがりに座って、隼之助は話を聞いている。波留は水嶋家の屋敷に送らせたため、同席していない。土間の片隅に才蔵が座していたが、見世の外には配下が控えている。みな襲撃を警戒していた。

「弥一郎殿とは、話をしておられぬのか」

隼之助は問いかける。儀礼的なものであるのは、互いに承知しているだろう。

「言葉はかわしておりませぬ。忍び同士の戦いを間近に見て、それがし、肝が冷えました。兄がどこかにいるのではないかと、探しましたが見つかりませなんだ」

慶次郎は淡々としていた。『北鞘町の戦い』と、お庭番の間では密かに囁かれている水面下の戦。あのとき、敵がかなりの数の忍びを差し向けたのは間違いない。

「伊三郎殿がおいでにならねば、始末されていたやもしれぬ」

隼之助の言葉に、慶次郎は頬を強張らせた。

「香坂伊三郎、でござるか」

「いかにも。『忍び封じ』は凄まじい技であった。ご覧になられたか」

見ていたとすれば、近くにいたことになる。隼之助が絶命する瞬間を、その目で確かめるべく、どこかにいたのではないか。

「見ておりませぬ」

きっぱりと言い切る。が、裏切り行為を目の当たりにした以上、信じろという方が無理だった。

「父上にとりなす件については、お引き受けいたしかねます。なれど話を伝えるぐらいはできるのではないかと思いまする」

狡（ずる）いやり方だったが、多聞に決定をゆだねた。隼之助としては、慶次郎は養子入りした家で謹慎するのが筋だと思っている。身辺をうろつかれて、配下に始末されるのだけは避けたかった。

弥一郎と慶次郎兄弟は、いつ命を落としても、おかしくない状況なのである。

「かたじけない」

型どおりの礼を述べたが、はたして、本当にわかっているのか。

「しばらく養子先に戻られてはいかがか」

遠慮がちに告げた。

「謹慎せよと？」

「いかにも」

「父上のお考えであるならば従いまする」

慶次郎は、見事に己を封じこめていた。以前はかっとなりやすく、心を読むのがたやすい相手だったのだが……膳之五家の面前で、隼之助に追従の意を示すよう、強制されたあれが、変化のきっかけになったのではないだろうか。裏切り話を持ちかけられながらも、逡巡していたのではないのか。

――これ以上ないほどの屈辱感を味わわされて、心を決めた。

隼之助は己を重ね合わせていた。つい今し方、奈落の底に落ちるような絶望感を覚えたばかりである。他人事ではなかった。

「では、とりあえず、養子先に戻られるがよい。小石川や番町の屋敷は、御身を危険に曝しかねませぬ。近づかぬ方が宜しかろうと存ずる」

「ご助言、肝に銘じます」

才蔵が酒を運んで来た。彦市夫婦は二階にあがって、隼之助たちの貸し切り状態になっている。むろん才蔵がそれ相応の金子を渡したのは言うまでもない。杯で酒を受けながら、いやでも緊張していた。

――味がわかるだろうか。

不安で手が震えそうになったが、一気に飲んだ。まず舌にやわらかな水の感触が広がる。江戸の水で造った酒ではない、上方のやわらかい水で造られた酒だった。じんわりと舌が痺れて、心地よさが胸を満たした。どうやら彦市は、とっておきの灘の酒を出しておいてくれたようだ。

「旨い」

思わず声をあげていた。味がわかったのが、単純に嬉しかった。まだやれる、鬼役はわからないが、小頭としては役に立てる。背中から抱きしめてくれた波留の、全身を包みこむようなぬくもりと、せつせつとした訴えが甦っていた。

——なにが起ころうとも放すまい。命を懸けて、波留殿を守る。

我知らず、胸を押さえたとき、

「こんばんは」

若い娘の声とともに戸が開いた。隼之助はどきりとした。

「珠緒さん」

小あがりを降りて、戸口に行った。才蔵が左側に来る。どんなときでも隼之助を守るべく、細心の注意を払っていた。

「壱太さん」

珠緒は、乳母らしき中年女と、番頭格か手代といった感じの三十男を伴っていた。菖蒲柄の振り袖が、この界隈には不似合いな華やかさを漂わせている。隼之助を見て、にっこり微笑んだ。

「やはり、ここにいたのですね。橘町の家に行ったのです。そうしたら、おとらさんが、もしかすると〈ひらの〉にいるかもしれないと」

「かような刻限に、いかがしたのですか。それにここは大店のお嬢さんが来るような場所ではありませんよ。すぐにお帰りください」

珠緒の前に立ち、小あがりの座敷を覗かせないようにする。慶次郎の顔は知らないだろうが、吉五郎の仇かもしれない男に対面させたくはなかった。

「あの、弥一郎様はまだ見つかりませんか」

珠緒が訊いた。刹那、背後の空気が一瞬、引き締まったのを隼之助は感じた。むろん感覚の鋭い隼之助なればこそ気づいたのだろう。

「はい。八方、手をつくしているのですが、いまだに行方知れずです。もし、今も吉五郎の仇を討とうなどと考えているのでしたら……」

「いいえ」

珠緒は躊躇することなく、頭を振った。

「あたしは、吉五郎さんの最期が知りたいだけなんです。もしや、あたしの名を呼んでくれたのではないかと、最後の最後に思い浮かべてくれたんじゃないかと……それが気になって」

きっぱりとした言動が、先刻の慶次郎を思い起こさせた。二人とも嘘をついている、ように思えた。

「知らせます」

そして、隼之助も偽りを口にする。

「必ず知らせますから」

「わかりました」

珠緒は首を伸ばして、小あがりの座敷を覗きこもうとしたが、隼之助はそれを許さない。

「さあ、もうお帰りください」

身体にふれないよう気をつけながら、見世の外に追い出した。それでも珠緒は座敷を気にかけている。

「どなたがおいでになるのですか」

まさか弥一郎様では、という疑惑が珠緒の顔に浮かびあがっていた。弥一郎ではないが、吉五郎を殺めた下手人かもしれない。決して答えられない言葉を、心の中で噛みしめる。

「わたしの友です。この見世がうまくいっているのを聞いて、駆けつけてくれたんです」

「そうですか。では、これで失礼します」

ようやく珠緒は、乳母や付き添い役の男とともに、闇の中に消えた。

――なぜ、珠緒さんがここに来たのか。

隼之助は、隣に立っていた才蔵を、ちらりと見やっていた。なぜ、慶次郎がいるときに来たのか。だれかが知らせたのではないか。真の下手人がいることを……。

「〈加納屋〉の濃口と甘露醬油を味おうていただきたく存じます」

不意に才蔵は告げた。

「味見していただこうと思い、持って来させました。〈加納屋〉の主夫婦はなにかを隠しています。それがわかるのではないかと存じます」

露骨に話を変えていたが、よけいなことは言わない。

「わかった」

隼之助は、近くの腰掛けに座る。背中に慶次郎の強い視線を感じていた。『鬼の舌』なのかと、異母弟も興味を持っているに違いない。才蔵は杯に入れた二種類の醬油を、盆に載せて持って来た。

「こちらが濃口醬油、こちらが甘露醬油です」

膳台に置く。それだけで濃厚な醬油の薫りが鼻をついた。上品（じょうぼん）の醬油であるのは、胸に不快感が浮かばないことでわかる。必要なのは一滴にも満たない醬油だ。

「箸（はし）を」

隼之助の言葉に、才蔵が応えた。渡された箸の片方を、濃口の杯に入れる。何度か雫（しずく）を垂らした後、隼之助は一滴を舌に載せた。

「………」

刹那、立ちあがる。

身体（からだ）の芯が凍りついた。

死臭を強く感じた。

斃（たお）れた亡骸から耐えがたい臭いが立ちのぼっている。毛穴という毛穴が開き、そこから死臭が入りこむ。自分も同じような骸（むくろ）となって、地面に転がる――。

そう、感知したのは、背中に切っ先がふれたときの恐怖。後ろにまわりこんだ敵の斬撃（ざんげき）をかわせずに、刺しつらぬかれそうになったときの『刹那の恐怖』だった。

「隼之助様？」

才蔵の問いかけが、どこか遠くでひびいている。

「この醤油は」

隼之助は言った。

「『恐怖の味』がする」

〈加納屋〉の若女将、紀野が調合した醬油には、隠しきれない秘密があふれている。
隼之助は、銚子に行くことを決めていた。

第五章　刹那の恐怖

一

利根川の河口に位置する銚子港は、利根川水運と太平洋沿岸航路の結節点として、発達を遂げた港である。さらに九十九里浜などの鰯漁業を中心とする漁港の、水産加工基地としての役割も担っている。昼間は、引きもきらずに商船や漁船が出入りしている賑やかな港で、風を受ける商船の白い帆が、どこか誇らしげに見えた。

二日後の夕刻。

隼之助は、才蔵を含む六人の配下を連れて、銚子港に来ていた。香坂伊三郎も同道している。〈加納屋〉は造醤油屋をこの地に持ち、自船で醤油を江戸に運んで商っている。が、それは八組造醤油仲間や、江戸明樽問屋の仲間に、目をつけられる結果となっていた。

　どちらにも所属しないばかりか、船も自前で持つ〈加納屋〉は、新参者の頭格。従来のやり方に固執する江戸の醤油問屋の、怨みを買っているのは間違いないだろう。

　まず隼之助は、地元の見世を探り始めた。

〈加納屋〉の本店である。

「大旦那の仁兵衛は、見あたらないか」

　落ち合う場所に決めた居酒屋は、銚子港が眼前に広がっている見世で、左右を造醤油屋にはさまれていた。右が〈加納屋〉の本店、そして、左は屋号こそ違うものの、〈加納屋〉の分家筋。武家と同じく、本家、あるいは分家になにか起きたときには、さまざまな形で立て直しを助けるという、相互扶助の関係が成り立っている。見世が生き残るためには、こういった緊密な関わりが欠かせない。

「いません」

「年は六十前後らしいのですが、かなりの大男のようです。いれば見のがすはずはありません」

　二人の配下は言った。隼之助は居酒屋の二階に陣取って、配下たちが情報を集めて来るのを待っている。

「病に罹(かか)ったという話も聞きましたが」

「殺しても死なないほど丈夫な爺(じい)さんだとか」

どこかに閉じこめられているのではないか、と、二人は言外に匂わせた。配下の推測には、隼之助の『舌』が大きく関与している。仁兵衛の娘——紀野(きの)が調合する醤油を味わったとたん、感知したのは『刹那(せつな)の恐怖』。そこから配下も、本家でなにか騒ぎが起きているのではないかと考えたに違いない。

「他にも屋敷があるやもしれぬ。引き続き、調べろ」

隼之助の命を受けて、二人は、ふたたび夜の銚子港に飛び出して行った。隣にいた伊三郎が、ちらりと懐に目を走らせる。

「定太郎と紀野だったか。江戸店(えどだな)の主(あるじ)夫婦に、示した方がよかったのではないか」

視線は、隼之助が持つ短刀を指していた。二階の座敷に残っているのは、才蔵を含めて四人。雪也と将右衛門は、〈加納屋〉の江戸店の用心棒役を務めているため、同道していない。

「いや、まだそこまで互いに信を置けぬ。もしかすると、主夫婦は、八組造醤油仲間たちと仲違(なかたが)いしているように、見せかけているだけかもしれぬではないか。逆に主夫婦の方も、罠(わな)だと考えるやもしれぬ」

「おれは、助けを求めているように思うがな。おぬしらが二日の暇を願い出たにもかかわらずだ。よけいな問いかけをせずに、すんなり許したとか。鬼役として動くのを、わかっているのではあるまいか」

船でここに着くまでの間に、必要な事柄は話してある。

「そうかもしれぬが」

隼之助は言葉を濁した。異論を唱えるつもりはなかったが、大旦那の仁兵衛に会って、話をしたいという気持ちがある。

「鬼役の手札代わりになるこの短刀は」

懐から短刀の柄の部分だけを覗かせた。

「大店の主たちには、通達がまわっているらしいのだが、はたして、江戸店の主夫婦がそれを聞いているかどうか」

「短刀に彫られた意匠を記した通達書です。それが大店の主のもとにまわっております。龍の目に青貝が嵌めこんであることまで伝わっているはずです」

才蔵が補足する。

「とにかく大旦那に会うのが先か」

伊三郎の呟きに、隼之助は頷き返した。

「仁兵衛ならば、おれが本物か贋物かわかるはず。あるいは囚われているのやもしれぬ。従わなければ父親を殺すと、脅されているがゆえに」

「醤油に『恐怖』が写し出された、か」

伊三郎が継いだ。

「おそらくな」

「されど、なにゆえ、仁兵衛という男は従わぬのか。己の命を懸けてまで〈加納屋〉を守ろうとするのはなぜか。たかが醤油に、ここまで執着する気持ちがわからぬ。いささか腑に落ちぬ」

武者修行の旅で日本各地をまわった若き剣客にも、町人の気持ちは理解できないようだった。思わず声をあげる。

「誇りや意地を持っているのは、侍だけではない。町人も同じだ。これはおれの考えだが、仁兵衛という男、相当、意志の強い者なのやもしれぬ。八組造醤油仲間や、明樽問屋の仲間に入らぬのは、少しでも醤油を安く売りたいという気持ちの表れではあるまいか。民のための心意気が、今までのやり方にこだわる問屋仲間は気に入らぬのであろう」

答えながら気づいた。

父の多聞が、なぜ、隼之助を市井に送りこんだのかを。

裏店に暮らしてみてこそ、初めてわかることがある。外側から見ただけでは、町人の気持ちまでは、とうてい理解できなかっただろう。ゆえに多聞は、隼之助を町人の暮らしに投げこんだ。

「どうした？」

伊三郎が怪訝そうに眉をひそめた。親しい付き合いによって、表情の微妙な変化を読み取るようになっていたが、もとより伊三郎は鋭い感覚の持ち主。曖昧な答えは返せなかった。

「父上のことよ」

いきなり明日から町人になれと命じられたときの驚き。隼之助はなかなか受けいれられずに苦しんだ。

「町人髷の姿を、雪也たちや波留殿に見られるのさえ、いやでいやでたまらなんだ。惨めに思えてな」

隼之助の明日を思うがゆえに、多聞は敢えて厳しく突き放した。取り付く島もない冷たさの、裏に隠された父の想いに胸が震えた。

「羨ましい話じゃ」

伊三郎は言った。

「おれには、想うてくれる父も母もおらぬ」

「伊三郎殿」

かける言葉が見つからない。伊三郎はその類希な剣の才能を、薩摩藩の指南役を務める野太刀示現流の師匠に見出された。薩摩藩も武者修行の旅を後押しするほどだったのだが、両親や弟妹にはいっさい救いの手を差しのべなかった。

「修行を終えて戻ったとき、家族はひとり残らず死に絶えていた。飢え死によ。見殺しにされたも同然じゃ」

それが脱藩のきっかけとなっている。江戸に出て来た伊三郎が、どういう経緯で大御所家斉に目通りしたのかはわからない。が、以来、家斉は若き剣鬼を寵愛して、今にいたっている。

「花江殿は母上のようじゃ。おれのような男のことも、なにくれとなく気遣うてくれる。小石川の屋敷は居心地がよい」

率直な言葉は、隼之助の気持ちを表したかのようだった。思えば弥一郎たちの母――北村富子と別れた後、多聞がすぐに花江と再婚したのも、隼之助のためだったのかもしれない。多聞らしくないように見えた言動が、実は本来の気質なのかもしれなかった。

「今の言葉を聞けば、どれほど喜ばれることか。義母上はまさに『母の鑑』のようなお方。伊三郎殿に対しても親しい気持ちをいだいておられるに違いない。われらはみな義母上の子よ。それはそうと」

と、隼之助は、才蔵に目を向ける。

「過日のことだが、〈ひらの〉に珠緒さんが現れたのは、いささか解せぬ。慶次郎殿がいるのを知っていたのは、おれと一緒に動いていた数人の配下のみ。まさかとは思うが、だれかが知らせたのではあるまいな」

口にしたくない問いかけだったが、無視できない事柄だった。

「かような真似をする者はおりませぬ。たまたまではないかと思います。珠緒さんは弥一郎様の行方が知りたくて、隼之助様を訪ねて来たのでしょう。万が一、洩らした者がいた場合は」

言葉を切って、才蔵は隼之助の目を見た。

「覚悟を決めております」

命を懸けるという者を、それ以上、追及できない。

「わかった」

答えるのと同時に、才蔵が立ちあがる。座敷の障子戸を開けると、先程とは別の配下が階段をあがって来た。

「近くの五十集屋に、見張りと思しき者たちが立っております。風体からして、やくざではないかと思われますが、怪しいのではないかと」

廊下に跪いて報告する。五十集屋は乾し魚や塩魚を扱う商店のことだ。〈加納屋〉の身代を築いたのは、干鰯の肥料だが、今でも地元で乾物屋を営んでいるのかもしれない。

「行くぞ」

隼之助は告げた。

「そこに大旦那の仁兵衛が、囚われているやもしれぬ」

娘が調合した醤油は、真実を教えたのだろうか。敵がこちらの動きをつかみ、罠を張っている可能性もあった。

『刹那の恐怖』が真の恐怖にならぬことを、心のどこかで祈っている。

二

闇の中に、五十集屋の明かりが、ぽつんと灯っている。

乾物屋が立ち並ぶ区域なのだが、〈加納屋〉の見世は一軒だけ離れていた。銚子というよりは、地曳網で有名な九十九里浜に近い場所だ。頬を撫でる潮風が、江戸とは違う風を運んで来る。一瞬ではあるものの、剣呑な空気を忘れさせてくれる風だった。

「何人いる？」

隼之助は小声で訊いた。

「七、八人はいると思いますが、外に出て来ない者もいるかもしれません。倍はいると思った方が宜しいのではないかと」

配下のひとりが答える。隼之助部隊は、香坂伊三郎を含めて総勢八人。みな若いが、体力だけでなく、技にも優れた者揃いだ。手練れがいなければ楽な襲撃になるだろうが、姿を見せない中に遣い手がひそんでいないとも限らない。

「確かめる」

隼之助は言い、ひとりで闇から進み出た。無謀にも思える行為だったが、珍しいことではない。危険な役目を引き受けるのが頭（かしら）の務めと心得ていた。

「だれだ？」

「止まれ。動くんじゃねえ」

二人の見張り役が制止する。見世は雨戸が閉められており、潜（くぐ）り戸だけが開いている。そこから洩れるわずかな明かりだけでも、男たちの凶悪な顔つきを判断できた。目が血走っている。

「〈加納屋〉の使いです。大旦那様にお目にかかりたいと思いまして、江戸より参りました。女将（おかみ）さんから文（ふみ）を預かっております」

隼之助は言い終わるや、

「な……」

ひとりの喉（のど）を手刀で突いた。

「やろうっ」

もうひとりが懐に手を入れる。匕首（あいくち）を出そうとしたのかもしれない。が、抜く前に隼之助は鳩尾（みぞおち）を突いていた。才蔵と配下が倒れた二人を、素早く別の場所に運んで行く。と同時に雨戸を蹴倒（けたお）すようにして、中にいた数人が飛び出して来た。早くも匕首を抜き放っている。

「壱太」

才蔵が叫び、脇差を投げた。隼之助はそれを宙で受け止める。抜き放ちざま、ひとりの脇腹を切り裂いた。見世から一気に男たちが飛び出して来る。七、八人どころではない、二十人を超える刺客部隊だった。

「死ね！」

匕首を突き出したひとりを、隼之助は屈みこむようにして、かわした。その背中に伊三郎が軽く右足を乗せる。

ずんっと重い衝撃音がひびいた。

「………」

伊三郎に頭を割られた男は、腹のあたりまで裂けていた。血飛沫が激しく四散する。

伊三郎は隼之助の背中から降りて、近くにいた男を右蜻蛉で始末する。

仲間の凄絶な死を目の当たりにして金縛り状態だったのだろう。一歩も動けないまま、左肩から斜めに切り裂かれていた。

「伊三郎殿」

隼之助は、わざと大きな声で言った。内心、早く逃げろと思っていた。案の定、やくざどもがざわめいた。

あれが『はやちの伊三郎』か、まさに剣鬼、ひと睨みしただけで命を奪う死神。ほとんどの者は怯んだが、中にはおそろしさがわからぬ者もいる。

「はぁっ」

ひとりが匕首を片手に躍りかかった。しかし、匕首を振りあげた姿勢のまま絶命していた。隼之助と才蔵たちは、それを横目で見ながら見世に飛びこむ。十人程度、残っていたやくざたちは、弾かれたように見世から出た。

ふたたび重い衝撃音が起きた。

続けざまに異様な音がひびいた。隼之助の下腹は、呼応するようにきゅっと引き締まる。音がする度、ひとりずつ斃れていった。逃げなければと頭では思うのだろうが、あまりにも凄まじい技を見せられてしまい、惚けたようになっている。そのうちのひとりは、文字どおり、真っ二つに身体が裂けた。

脳天から股間まで一気に切り裂かれたのである。

左右に分かれた身体は、分かれるのを惜しむように大きく震えた。あるいは絶命の叫びだったのかもしれない。頼りなく揺れた後、血を噴き出して、斃れた。

生臭い乾物の臭いが漂う見世には、死臭を帯びた血腥さが加わっている。乾物を載せる台に、品物がなかったのは幸いと言うしかない。血を浴びた魚を見るのは、気持ちのいいものではなかった。

「うわっ、うわわっ、わわわわぁ〜〜〜っ」

恐慌状態になったのだろう、ひとりが絶叫した。人は信じがたい場面を目にすると、立ち竦むか、荒れ狂うかになる。男は後者だった。闇雲に突進し、匕首を振りまわした。恐怖に取り憑かれた目は、もはや伊三郎を見ていない。巨大な鬼を切るように、匕首を叩きつけている。

何度目かの衝撃が、隼之助をとらえた。

伊三郎は容赦なく男を斬り捨てた。相手が武器を持っている以上、敵だと言わんばかりだったが、

「奥にいる」

不意に低い声で告げた。次の瞬間、奥にひそんでいた刺客が躍りかかって来た。狭い見世の中では思うように動けない。隼之助は才蔵たちとともに、見世から飛び出した。ひそんでいたのは、下級藩士と思しき風体の侍。

総勢六人が、重心を極端に低くして走り出て来る。ひとりとして刀を抜いていない。居合いの遣い手であるのが見て取れた。

「薩摩藩士か？」

才蔵の問いかけに、むろん答えは返らない。六人の目はただひとり、隼之助に向いていた。押されるようにさがる、六人が音もなく迫って来る。隼之助の右には才蔵、左には伊三郎が影のように付いていた。五人の配下も六人の背後を取り囲む。

「やれ」

才蔵の合図で、五人はいっせいに手裏剣を投げた。間髪を入れず、隼之助たちも動いた。六人は居合いを使うつもりだったのだろうが、手裏剣を弾き返すため、いやおうなく刀を抜いた。

がつっと鈍い音がひびいた瞬間、隼之助はひとりの懐に飛びこんでいる。脇差を腹に食いこませたが、

「くぅっ」

相手はいち早くさがった。並みの剣士であれば、命を落としていただろう。選(え)り抜きの刺客であるうえに、手応えがやけに悪い。出血もほとんどしていなかった。

「腹に晒(さら)しを巻いているな」

これまた隼之助はわざと口にする。

「臆病(おくびょう)者めが」

伊三郎が一歩、進み出た。挑発していた。いつの間にか伊三郎は刀を鞘(さや)に収めてい

る。じりっとさがった六人の背に、配下たちが躍りかかろうとしたが、

「よせ」

きわめて冷静なひと言が伊三郎の口から出た。

「気づいているだろうが、おれはもはや示現流ではない、野太刀自顕流よ。なれど、示現流と自顕流の極意はひとつ、『刀は抜くべからざるもの』だ」

示現流はこの頃、完成されており、薩摩藩公認の御留流だ。多くは城下侍の間で稽古されている。

対する野太刀自顕流は、平安期より極秘裡に伝えられた秘伝とされている。伊三郎は当初、御留流の示現流だったのだろうが、今は敢えて野太刀自顕流を名乗った。それは、かつては剣友だったであろう六人に対する決別の言葉だったのかもしれない。

「来い、沢田」

と、伊三郎はひとりを名指しした。六人の中で一番、大男だが、二十一の伊三郎と同い年ぐらいかもしれない。刺客たちの頰が引き攣る。

「構えろ」

気にするふうもなく、伊三郎は言った。他は見のがしてやろう、代わりに沢田よ、おまえが生贄となれ。傲岸不遜な態度だった。

「この裏切り者が、えらそうになにを言うか」

名指しされた男は、それでも刀をいったん鞘に収めた。他の五人も刀を収める。伊三郎は腰を沈めて、つつっと進み出た。自顕流と示現流において、守りはすなわち死を意味する。

先手必勝、一撃必殺。

沢田も独特の腰を落とした姿勢で身構えた。双方とも、まだ抜かない。円陣を組むような形になって、隼之助たちは見守っている。

「きえぇ〜〜」

沢田が気合いを放った、伊三郎は無言で刀を抜いた。通り過ぎざま、沢田の胴を両断していた。

「次はおれが相手じゃ」

前に出ようとした男を、年嵩（としかさ）のひとりが制した。

「退（の）け」

顔は隼之助たちに向けたまま、じりじりとさがり始める。間合いを詰めようとした才蔵を、もう一度、伊三郎が止めた。

「やめろ」

そっと微笑(わら)った。

「おれの楽しみを奪うな」

友だったであろう者たちを、ひとり、ひとり仕留めていくのが、楽しくてならないという顔をしていた。隼之助は背筋に悪寒(おかん)が走る。

——敵にまわしたくない男だ。

あらためて思っていた。五人が影のように消える。足音や気配をさせない点は、お庭番のようだった。

「中を調べるぞ」

命じて、見世の奥に歩(ほ)を進めた。

三

じじじ、と、燃えているのは魚油だろうか。

作業場と思しき土間には、生臭さと潮の匂いが満ちている。奥の隅の方に、陽に焼けた白髪(しらが)頭の男がうずくまっていた。後ろ手に縛られている。

「仁兵衛(にへえ)さんか」

隼之助の問いかけに、目をあげた。

「そうだ」

思いのほか力強い返事だった。大きな目にも力がみなぎっている。それに安堵しつつ、隼之助は脇差を傍らに置いた。懐から手札代わりの短刀を出して、前に掲げる。龍の目が、きらりと光る。仁兵衛の表情も輝いた。

「では」

あなたが鬼役ですか。

視線の問いかけに、隼之助は頷いた。鬼役を示す短刀で、仁兵衛の縄を切る。すぐに立とうとしたが、よろめいた。

「焦るな」

支えて、告げる。

「江戸店の主夫婦は無事だ。強請り、たかりの類は、きっぱりと撥ねつけている。しかし、ちと心が折れかけているやもしれぬ。仁兵衛さんが生きているのかどうか、確かめる術がないからな」

短刀は懐に収めて、才蔵が渡した脇差を握りしめた。

「使いを」

と呟いた仁兵衛に肩を貸して、見世に出る。

「大丈夫だ、使いをやる。才蔵、仁兵衛さんに水を……」

隼之助はふと奇妙な気配を感じた。才蔵たちも懐から忍び刀を出した。見世の前方、浜辺を背にした暗闇に、ひっそりと佇む人影があった。いついかなるときでも、隼之助は尖兵役を買って出る。配下に仁兵衛を託して前に出た。

「名乗れ」

短い問いかけを発した。いつでも抜けるよう、脇差の柄を右手で握りしめている。

「ひさしぶりだな、壱太」

「その声は」

憶えのある声は、闇師の頭――金吾のものだった。初めて潜入した塩問屋〈山科屋〉の、隠居を装っていた男である。あのとき、年は七十前後に見えたが、眼前の金吾は五十なかばぐらいに思えた。いったい、本当の年はいくつなのだろう。

「お手並み拝見させてもらったぜ。そっちのお侍は、凄まじい技を使うな。話には聞いていたが、まあ、肝が冷えたよ」

口で言うほど思っていないのが、薄笑いを浮かべた口もとに表れている。金吾の背後には、七、八人の配下が控えていた。

「なんの用だ」

才蔵が問いかけ役になる。が、金吾は隼之助に目をあてていた。

「壱太は幼名で、まことの名は木藤隼之助。新しい鬼役だと聞いたが」

「おれはただの配下だ」

「そうか？」

にやにやしていた。自信たっぷりだった。裏の世界に通じた者、それも頭役となった者だけが持つ底知れない薄気味悪さを放っている。〈山科屋〉に潜入した際、鍼(はり)を打ったりもしたが、金吾の身体には刺青(いれずみ)などはいっさいなかった。

やくざは大物になればなるほど、刺青はしないとされている。やくざではないが、相撲取りもまた傷のない白い肌をよしとした。火消しの棟梁(とうりょう)、町奉行所の与力、相撲取りを江戸の三男と呼ぶが、火消しの棟梁も大物ほど刺青などはしない。

「それで？」

隼之助は問い返した。真っ直ぐ目を向けている。祖父のようだと思った日は、あまりにも遠かった。役者顔負けの闇師に、いいように操られた自分が、いかにも間抜けに感じられた。

「手を組まないか」

率直すぎる申し出に、隼之助は一瞬、耳を疑った。

「なに？」

「わしと手を組まないかと言ったのさ。鬼役が敵とみなしている薩摩藩とは、懇意にしていたんだがね。やっているうちに、お互い合わない部分もできてくる。それじゃ、いっそ寝返るかとなったわけだ」

「こ……」

断る。一蹴しようとしたが、才蔵に腕を摑まれた。

「それだけの理由では得心できぬ。なぜ、寝返る気持ちになったのか、まことの話を聞かせてもらおうか」

隼之助の代弁者となって問いかける。

「薩摩藩は吝ん坊でな」

にやりと笑った金吾に、伊三郎が続いた。

「確かに」

こちらも薄く笑っている。金吾はしみじみ伊三郎を見つめた。

「お頭様よ。おまえさんの凄さは、こういう手合いをうまく飼い慣らしちまうところだな。普通は持て余すだろうに……」

「よせ」

鋭く遮った。

「われらの友だ」

伊三郎に対して、当初は金吾と同じような畏怖の念をいだいていた。が、今ではかけがえのない友だと思っている。手合いだの、飼い慣らすだのといった侮蔑まじりの言葉は聞きたくなかった。

「なるほど。新しいお頭様は、配下も手下ではなく、仲間と呼ぶとか。若い連中は嬉しかろう。争うように命を懸けるのも無理からぬことか」

「噂話をしに来たのか」

隼之助の皮肉を、才蔵が継いだ。

「敵から放たれた間者ではないという証は？　われらを裏切らぬという証はあるのか？」

「薩摩藩にも反対派がいる。藩主方に対抗して生まれた逆意方よ。総勢二十人の名を記した連判状を持って来た」

「連判状」

隼之助は苦笑する。

「どこかで聞いたような話だな」

「謀叛を企む者たちの連判状か」

金吾は情勢に詳しいだけでなく、情報を正確につかんでいた。

「血腥い騒ぎにしなくても、手に入れることはできたんだがね。今回もそうだ。おれにまかせてくれれば、死人の山を築かずに済んだんだが」

わざとらしく、周囲を見まわした。十数人のやくざと、ひとりの刺客が、砂浜に斃れている。吹きつける潮風が、骸を隠すように半分ほど埋めていた。金吾の話を鵜呑みにはできないが、死人の数は減らせたかもしれない。

「時がほしい」

才蔵が代弁した。

「手を組むかどうか、決めるのはお頭だ」

「よかろう」

金吾は鷹揚に応じた。

「答えが出た頃に、小石川の屋敷を訪ねるとしよう。お頭様よ。そのときは、一献、かわそうじゃないか」

懐からこれ見よがしに、連判状らしき巻物を取り出した。ほしけりゃ、手を組もうぜ。とばかりに振ってみせた後、ふたたび懐に戻した。

「またな、壱太」

親しげに告げて、金吾は、闇の中に消えた。

大御所家斉のもとに届けた謀叛を企む者たちの連判状、そして、薩摩藩の逆意方の連判状。二つの連判状は、はたして、本物なのだろうか。

消えない疑惑が、隼之助の胸にあった。とりあえず、大旦那の仁兵衛を連れて、江戸に戻る。〈加納屋〉の若き主夫婦の、喜ぶ顔が浮かんで、少しだけ胸があたたかくなった。

四

「てまえは、できるだけ安くて上品の醬油を、お客様にお届けしたいと思っております」

仁兵衛は言った。

「そのために、自ら船を持ち、江戸に運んで売るやり方を取りました。従来の商いでは、醬油の値があがるばかりでございます。割りをくうのは、つつましやかな裏店暮らしをしている町人たち。なんとかしなければと思いました。〈加納屋〉のやり方が気に入らない商人がおりますのは、百も承知でございます」

二日後の午前（ひるまえ）。

喜びの対面を終えた仁兵衛一家は、小石川の木藤家を訪れていた。書院の上座には御簾（みす）をさげて、中に座した隼之助が見えないようになっている。取次役は才蔵が務めていた。

「どうかお助けください」

舅（しゅうと）の隣に座した定太郎が頭をさげた。

「天下商人（てんかあきんど）の後ろ盾を賜りたく存じます。そうなれば相手も、これ以上、手は出せません。てまえも大旦那様と同じように、少しでも安い醤油をお客様にお届けしたいと考えております。空樽（あきだる）を他より高い値で買いますのも、薄利多売を信条にしておりますがため。決して利をあげるのが目的ではありません」

「八組造醤油仲間や、江戸明樽問屋の仲間には、入りたくありません。お願いでございます。鬼役様のお口添えをいただきたく存じます」

紀野もまた父や夫と同じ考えであることを示した。

昨夜、主夫婦が仁兵衛と再会した後、隼之助は、若女将があらたに調合した濃口（こいくち）醤油と甘露醤油を味見している。ものの見事に『刹那の恐怖』は消え去っていた。

「天下商人の号を賜るには、しばし時がかかる」

隼之助は慎重に言葉を選んでいる。隣室では、多聞が一部始終を聞いていた。鬼役としての真価を問われている。

考えながら続けた。

「なれど案ずることはない。〈加納屋〉にはお庭番を配して、守らせるゆえ」

三人は同時に安堵の吐息をついた。

「ありがたき幸せ。鬼役の守りがあれば、相手も二度と手は出しますまい」

仁兵衛が代表して告げる。

「いくつか訊ねたき儀がある」

「なんなりと」

「主夫婦は、仁兵衛が捕らえられたことを、いつ、どうやって知ったのか」

おまえが答えなさい。というように、仁兵衛は定太郎を促した。

「〈加納屋〉が持つ船の船頭が、知らせてくれたのです。危うく捕まりそうになったようですが、からくも逃げのびたようでして」

「わたしが裏口から逃がしました。『わしのことは諦めろ』と船頭に言伝を託したのでございます」

と、仁兵衛。淡々と話していたが、覚悟のほどが伝わってくる。隼之助は一歩、踏みこんだ。

「白井藩のことだが、〈加納屋〉は殿持として、鯉の焼き物を贈った由。前藩主の死に、いささか不審の儀ありとの噂がある。さて、真偽のほどや、いかに」

「それは」

仁兵衛は答えに詰まった。たとえ天下商人の印可を受けようとも、取り引き相手の話は洩らせないと考えたのはあきらか。それとこれとは話が別と、分けて考えるあたりに真と誠の気質が表れている。

隼之助はむしろ好感を持った。

「では、前藩主が『満殿香酒』を飲み、体身香、つまり、香材を飲むことによって、身体から邪気を追い出す法だが、それを行っていたのではないか、という点についてはどうだ。耳にしたことはあるか」

別の方向から探りを入れる。

「それにつきましては、耳にしたことがございます。仰せのお酒かどうかはわかりませんが、唐から伝わったお酒を、今の出羽守様も飲んでおられるとか。下屋敷のお廊下には、独特の芳香が漂っておりました」

「屋敷の中に入ったことがあるのか」

「はい。一度だけですが、いつもお届けする醤油のことで、前のお殿様よりお褒めのお言葉を賜ったことがあるのです。書院の廊下に控えていたのですが、えもいわれぬ芳香が書院の中から流れ出ておりました」

　体身香については、案外、すんなり答えた。前藩主が毒殺されたのだとしても、〈加納屋〉は関わっていないと判断する。ひとつ、ひとつ消していかないことには、正しい答えは得られない。

「過日の賊についてはどうだ。五十集屋にあった見世の奥に、六人の刺客がひそんでいたが、見知った者はいたか」

「おりません。初めて見る顔ばかりでございました」

「六人は、いつ来たのか」

「配下の方々がおいでになる前日です。夜、遅くに来ました」

　つまり、敵は鬼役の動きを遅くとも前日にはつかんでいたわけだ。〈加納屋〉の奉公人の中に、いくばくかの銭で話を流した者、もしくは内通者がいるのかもしれない。それらの事柄を頭に刻みこんだ。

「最後にもうひとつ。つかぬことを訊ねるが、〈加納屋〉の宗派はなんだ。日蓮宗か、浄土真宗か」

おそらく、この後の動きに関わるであろう問いかけを発した。

二度目に潜入した饅頭屋〈相生堂〉の主夫婦は、浄土真宗の熱心な門徒だった。御城の大奥では、浄土宗と日蓮宗の二派に分かれている。将軍家慶は浄土宗、大御所家斉は日蓮宗をそれぞれ信仰していた。隠居して以来、かなり影響力は落ちてきたものの、家斉の力は侮れない。

その家斉が浄土宗の流れを汲む浄土真宗の門徒に、天下商人の印可を与えた裏には、政がらみの理由があるはず。そういった事柄を鑑みたうえの問いかけだった。

「てまえどもは、浄土真宗でございます」

仁兵衛は答えた。

「そうか」

やはりな、と、隼之助は御簾の内側でひとりごちる。浄土真宗の門徒に恩を売り、大奥内ばかりか、幕府内にも広がった宗教対立を、大御所派にとって有利に働かせようとしているに違いない。

——父上の入れ知恵ではないのか。

否定できないと思いつつ、仁兵衛に提案する。

「〈加納屋〉の船が空いているとき、浄土真宗の門徒を乗せて、無料（ただ）で江戸に運ぶというのはどうだ。江戸の西本願寺に詣（もう）でたいと考えている門徒は少なくなかろう。むろん、かような手助けは要らぬと、拒絶する者もいるやもしれぬ。されど、裕福な門徒ばかりではない。〈加納屋〉が善行（ぜんこう）を施（ほどこ）せば、見世の名もあがって、一挙両得ではあるまいか」

「驚きました。お頭様より、そのようなご助言をいただくとは。仰せに従いまして、船を門徒のためにも使うことにいたします」

仁兵衛は感じ入った様子で、深々と頭をさげた。後ろに並んでいる主夫婦もそれに倣（なら）った。親子三人の笑顔こそが、せめてもの救い。これからも闇師の頭――金吾の力を借りるつもりはないが、多くの血が流れたのは事実だ。

「お庭番の守りがあれば敵も諦めるだろうが、それでもなにか起きたときには、一石（いっこく）橋（ばし）近くの〈蒼井屋（あおいや）〉を訪ねるがよい。あの見世は鬼役の出店のようなものゆえ」

「〈蒼井屋〉が天下商人であるのは存じております。何度か訪ねてみようと思ったのですが、どういうふうに話をすればよいのかと思いまして。迷っているうちに、過日の騒ぎと相成りました次第です」

「江戸店の主は、立派であった。強請り、たかりの類を、毅然と追い返したのは流石と言うしかない。あのやくざどもだが、後ろに付いているのはだれなのか」

八組造醤油仲間の頭格、あるいは明樽問屋の仲間のどちらかだろうか。あるいは二組の背後に、大きな黒幕がいるのではないか。配下に調べさせているのだが、まだ報告を受けていなかった。

もしかしたら、闇師の頭――金吾が、薩摩藩の命を受けて動いたのかもしれない。裏切りを口にしたのは、鬼役に近づくための策ということも考えられた。

「わかりません」

定太郎は告げた。言いにくそうな表情をしていた。

「大旦那様が囚われていることを、彼の者たちはどこかで聞いたらしいのです。一度目のときに『下総の博徒に知り合いがいるゆえ、取り持ち役を務めてやろう』と、持ちかけられました。もしかすると、だれかがわざと洩らしたのかもしれません」

「他にも似たような手合いが参りました。本当にもう大丈夫でしょうか」

紀野がいかにも女らしい不安を口にする。隣にいた夫の定太郎が、さりげなく手で窘めていた。鬼役が引き受けると明言した以上は、あれこれ言わぬのが得策と思っているのだろう。

「あのとき、壱太さんたちが、やくざたちを追い返してくだすったではありませんか。おまかせすれば、大丈夫です」

小声で囁いた。聴覚も常人ばなれしている隼之助は、さして知りたくない話までよく聞こえた。

「われらは信じられなくても、ご亭主は信じられよう。江戸店と下総の本店の両方にお庭番を手配りするゆえ、大船に乗った心持ちでいるがよい」

紀野への言葉で締めくくる。

――おれも偽りがうまくなったものだ。

思わず唇をゆがめた。完全な守りなど、この世には存在しない。それでも「大丈夫だ」と告げるのが、頭の務めのひとつであることを、三人とのやりとりで知った。

そして……父の苦労も知った、かもしれない。

多聞に近づいていく己を、醒めた目で見る己がいた。

五

「あれはよかった」

開口一番、多聞は告げた。あれがなんであるのか、訊けば叱責されるは必至。隼之助はさりげなく訊ねる。

「では、浄土真宗について、大御所様のお考えは」

「うむ」

ひと言で終わった。

浄土真宗の門徒を、〈加納屋〉の空いている船で江戸に無料で運ぶ件だ。大御所家斉は隼之助の考えどおり、浄土真宗を取りこもうと目論んでいるに違いない。それによって、浄土宗との関わりがうまくいくようになるのかどうかはわからないが、とにかく〈加納屋〉への提案が、的外れではなかったことに、内心、安堵する。

「闇師の頭のことですが」

これは悩みながらの相談になった。金吾と手を組むことによって、確かにやりやすくなる面はあるだろう。しかし、負の面も大きくなるように思えた。

「灰色のままでよい」

黒でも白でもない、曖昧なまま付き合えという答えだった。都合のよいときだけ利用しろ、こちらの弱みをつかませてはならぬ、しょせん相容れぬ連中よ。多聞らしい考え方だが、隼之助はひとつ気になっている。

「薩摩藩も幕府同様、二派に分かれている由。藩主の考えに反撥する逆意方がいるとか。金吾は、二十名の名を記した連判状をちらつかせておりました。本物かどうかはわかりませぬ。なれど、万が一のときには、役に立つのではないかと」

大御所のもとには、幕府に異を唱える薩摩藩や大名家、さらに旗本といった者たちの、名が記された謀叛派の連判状がある。これも正直なところ、真偽のほどは定かではない。それでも薩摩藩や力添えしようとする大名家を威嚇するには充分だった。

「なるほど、な」

多聞はしばし黙考する。一時期、かなり痩せ細ったのだが、近頃は食欲も出て、持ち直しているように見えた。隼之助が調合する煎じ薬が、奏功しているのであればなによりである。湯にも菖蒲の茎や根を細かく刻んだものを入れている。

端午の節句が迫った時季が幸いしていた。

「やはり、灰色がよかろう」

変わらない答えを聞き、隼之助は思わず言っていた。

「まさかとは思いますが、逆意方の連判状を利用するお考えでございますか？」

手に入れていない連判状を、手に入れたものとして用いる。そもそも連判状自体、真偽のほどはわからない。それならば、と、一歩、考えを進めた結果の問いかけにな父の声なき声が聞こえた。

「わしの出番はないようじゃ」

と、多聞は目を細める。薩摩藩の謀叛派の連判状と、薩摩藩の逆意方の連判状。二つの連判状を、うまく利用するのが得策。手に入れられれば、さらに重畳。

ちょうじょう

「それにしても」

と、多聞は続ける。

「刺客は仕留めておくべきであった。六人のうち、斃せたのがひとりだけというのは解せぬ。香坂殿であれば、すべては無理でも三人は始末できたであろう。いささか腑に落ちぬ結果じゃ。なにか考えあってのことやもしれぬが」

伊三郎は五十集屋での騒ぎの後、何処へともなく姿を消していた。先に江戸へ戻ったのかと思っていたのだが、小石川の屋敷には現れていない。

「見知った者たちのようでした。伊三郎殿は、示現流ではなく、今は自顕流なのだと宣言しておりました。別れを告げたように思えなくもありませぬ」

「友との決別か」

多聞は鼻で笑った。今更、なにを言うのかと、表情で告げている。家斉の寵愛を受けた時点で、伊三郎は薩摩藩とは決別したはず。ずいぶん甘い話をするものよと、言いたげだった。

「伊三郎殿にも守る女子ができましたゆえ、無意味に血を流す気には、なれなんだのやもしれませぬ」

言い訳するように出た言葉に、

「なに？」

多聞は心底、驚いたような顔をした。

「あの香坂伊三郎が、女子に惚れたのか。相手はだれじゃ」

「おそらく村垣三郷（みさと）ではないかと」

断言はできないが、雪也と将右衛門の話から推測していた。伊三郎は雪也と一緒に簪（かんざし）を選び、それを三郷に贈ると聞いていた。受け取ったか、返したのかはわからないが、三郷も満更ではないのかもしれない。お庭番同士、所帯を持つ者が多い中にあって、若き剣客の想いを受ける意味は大きいかもしれなかった。

「ほう、三郷がのう。さようか」

意味ありげに呟（つぶや）いた。隼之助に娶（めあわ）せるべく、三郷をそばに置いたのは、他のだれでもない、多聞だ。相手は波留だけしかおりませぬ、と、頑（かたく）なに拒んだ隼之助に折れた

ものの、よもやと思っていたのだろう、

「意外ではあるが、ちと安堵しておる。あの香坂伊三郎にも、おまえたちと同じ心があったのだ、とな」

珍しく率直な言葉が出た。

「雪也と将右衛門が、暇さえあれば、岡場所や矢場に連れ出しております。普通の暮らしをしてこなかった伊三郎殿の目には、目新しいものとして映るのやもしれませぬ。まあ、あまりのめりこまれるのも困りますが」

「殿岡の三男坊も伊達(だて)に遊んではおらぬか。女の尻を追いかけるしか、能のないうつけと聞いたがの。たまには役に立つこともあるようじゃ」

愉(たの)しげに含み笑った。無防備な横顔に、胸がざわめいた。父がこんな表情を自分に見せるとは……。

「馬喰(ばくろ)町の旅籠〈船津屋(ふなつや)〉の方はどうなっておるのじゃ。才蔵に聞いた話では、倅(せがれ)の銀次郎とやらを連れ戻してほしいと言うておるとか」

次に出た言葉は、ますます胸を騒がせたが、よけいなことは口にしない。

「竪川(たてかわ)沿いの南本所瓦町(かわらまち)の裏店で、女房の松代は倅と暮らしております。元手がないゆえ、簡単にできる小商いを考えてくれぬかと、この女房にも頼まれました次第」

隼之助は、さらりと告げる。

波留が提案した優曇華餅という小商いを携えて、松代の家を訪ねた折、なぜか、夕餉として出された膳の味が感じられなかったと、正直に話した。試すような言葉になったかもしれない。案の定というべきか、

「なんだと？」

多聞の顔色が変わる。

「今もわからぬのか、舌がおかしいままなのか」

腰を浮かせて、訊いた。父にとって隼之助の『舌』が、どれほど重要なものなのか、見せつけられたように思えた。嬉しさ半分、哀しさ半分の複雑な気持ちだったが、むろんこれも顔には出さなかった。

「いえ、〈加納屋〉の醤油の味や、義母上の旨い料理の味はわかりました。松代さんが作った夕餉だけ、なぜか、味がわからなくなったのです」

「ああ、そう、そうであったわ。おまえが『刹那の恐怖』と名付けたものは、消えていたのであったな」

遅ればせながら経緯が甦ったようだった。隼之助が松代の家に行ったのは、〈加納屋〉たちがここに来る前だ。落ち着いて考えればわかるものを、らしくない狼狽えぶ

りに苦笑が滲んでいる。

「驚かせるでない」

照れ隠しのような笑みが出た。

「申し訳ありませぬ」

詫びて、隼之助は独り言のように呟いた。

「どうにも解せませぬ。なぜ、松代さんの作った料理だけ、味がしなかったのか」

「『外れ公事（くじ）』の中でも、特に込み入った理由（わけ）ありなのやもしれぬな」

多聞の口調には余裕が感じられた。

「父上におかれましては、理由がおわかりですか」

「うむ」

ひと呼吸、置いて、答えた。

「親になればわかる」

短い言葉だったが、頭の中で繰り返し、ひびいた。親になる、親の気持ちになって考える、松代の気持ちになって考えてみた。同時に夫の庄助の言葉も甦っている。

〝くれぐれもお願いしますよ。なんとかして、倅をここに連れ戻してください〟

隼之助は倅ではなく、女房を連れ戻してほしいのではないかと思った。その女房が作った料理は、味がまったくしない。隼之助の『舌』は、人の気持ちをとらえる舌だ。松代の料理だけ味がしなかったのは、なぜなのか――。

「もしや」

目をあげると、多聞が大きく頷いた。

「おそらくはな」

「ですが、松代さんは、柏餅の話をしておりました。柏の木は『ゆずり葉』とも呼ばれる縁起のいい木だと。柏の葉でくるんだ優曇華餅を、銀次郎さんに食べさせてあげたいとも言うておりましたが」

「失礼いたします」

不意に才蔵の声がひびいた。お庭番たちは足音をたてないため、話に集中していると、気配をとらえられないときがある。

「良助が戻って参りました」

障子を開けて、言った。白井藩に潜入させたのは、年が近く、気持ちも通じている良助だった。多聞は配下を庭に跪かせて、報告を聞くのが常なのだが、隼之助は早口で告げる。

「ここで聞く」

「………」

一瞬、才蔵は黙りこんだ。ちらりと多聞に目を走らせたが、元お頭はなにも言わない。

「畏(かしこ)まりました」

立ちあがろうとしたとき、多聞が命じた。

「廊下に控えさせろ。座敷に入れてはならぬ」

「は」

才蔵は畏まって、立ちあがる。多聞は隼之助にまっすぐ目を向けた。

「配下を仲間と呼ぼうが、仲間と思おうが、かまわぬ。なれど、最低限のけじめはつけねばならぬ。そのうえで馴(な)れ合うのは自由じゃ」

一線を画(かく)せという助言だった。以前であれば、まず反撥(はんぱつ)心をいだいただろうが、今はなぜか素直に聞けた。多少なりとも鬼役の厳しさが、わかってきたからかもしれない。

「は」

神妙に頭(こうべ)をたれた。多聞がまじまじと見つめた。物言いたげな目をしている。

「なにか？」

訊き返した。

「いや、変わったと思うてな。以前であれば、すぐに不満な表情をしたものを、やけにすんなり受け入れたではないか。天の邪鬼な心根が変わったのは、波留殿のおかげやもしれぬ。礼をしなければなるまいな」

変化を父も感じている。それがただ嬉しかった。

「かようなお言葉が、父上の口から出るとは」

「お。天の邪鬼が目覚めたか」

「消えてはおりませぬ」

「さようか」

顔を見合わせて、笑った。

初めてだった。

軽口を叩き合って笑う。普通の父子であれば、あたりまえのことが、二人にはなかった。ずっと続けばいい。普通のときが、ずっと続いてくれればいいのに……。

「慶次郎殿のことですが」

今なら大丈夫かもしれない。そう思って口にした。

「いかがいたしましょうか」

「新しいお頭様にまかせる。まあ、養子先で謹慎というのが相応やもしれぬがの。わしはこの屋敷に置いて、お庭番たちに仕込み直してもらうつもりだったが」

にやりと笑った。

「ご冗談を」

彼の者たちに始末させるつもりですか。と苦笑いを返した。多聞はさもおもしろそうに声をあげて笑った。

本当に楽しそうだった。

六

「お頭」

困惑した声をあげたのは、戻って来た才蔵だった。心の機微を読むのに長けている小頭をもってしても、隼之助と多聞の間に漂う空気が読めなかったのだろう。廊下に座って、交互に二人を見やっている。

「良助は？」

隼之助が促すと、才蔵の後ろから顔を覗かせた。

「ここにおります」

「なにかつかんだか」

「そうであればよいのですが」

膝で才蔵の隣に来た。廊下に控えたまま、書院に入ろうとはしない。言われるまでもなく弁えていた。

「上屋敷の西にある蔵の警護が、やけに厳しいと思いました。中に忍びこんで確かめようとしたのですが、かないませんでした。隙があれば忍びこむよう、見張り役には告げてあります」

ぬかりのない手配りは、次の小頭を思わせた。

「森川出羽守様の様子はどうだ。前藩主の葬儀があったゆえ、人の出入りも多かったであろう。例の藩なども姿を見せたのではないか」

隼之助が問いかける様子を、多聞は満足げに眺めている。すでに隠居した身であると、あらためて内外に告げているようだった。

「それが……出羽守様のお姿は、一度もお見かけしておりません。他の者にも訊いてみましたが、同じ答えでした」

「葬儀のときもか」

「はい。中間に金をつかませて訊いたところ、ご不例であるとか。前の出羽守様がみまかられた後、床に就かれたとか」

「薩摩藩の家臣は、出入りしておらぬか」

「わかりません。なにしろ出入りが多すぎまして」

恥じるように俯いた。薩摩藩主が直に訪れた場合は、駕籠などの家紋でそれとわかる。が、薩摩藩の家臣の場合は、それぞれの家紋が用いられるのが常。隼之助でさえ、薩摩藩の家臣すべての家紋までは記憶していない。

「父上にお訊ねいたします。白井藩のあらたな藩主、出羽守俊民様とは、どのようなご気質のお方ですか」

多聞に向かって訊いた。御城への出仕は、いまだ多聞が担っている。近々、それも引き継ぐことになるのかもしれないが、隼之助は白井藩の前藩主はおろか、現藩主の顔も知らなかった。

「そうよな。野心あふれる若き藩主といった印象だが、幕府への忠誠心は厚い由。毎日、御城と西の丸に、醤油を届けておるようじゃ。このあたりのことは、つかんでおろうがの。今は寺社奉行の御役目を、つつがなく勤めあげるのが重畳と、考えておられるのではあるまいか」

「すでに奏者番（そうじゃばん）の御役目を狙っているとも伺いましたが」

「そのとおりよ。されど狙うのは、奏者番のさらに上、若年寄の御役目であろう。森川家は譜代の中でも名家じゃ。若年寄の御役目を狙うのは、おかしなことではない」

幕府への忠誠心は厚い。つつがなく勤めあげるのが重畳。父の言葉から、隼之助はひとつの推測を導き出した。

「押込（おしこめ）やもしれませぬ」

不満を持った家臣が、座敷牢といった場所に藩主や後継ぎを監禁するのが押込だ。しかし、押し込めるのが家臣とは限らない。〈加納屋〉の騒ぎのように、脅しに屈しなかった出羽守俊民を、薩摩藩が監禁した可能性も考えられた。

「見張りが厳重な西の蔵か」

と、多聞。否定しなかった。

「ありうるのではないかと思います」

隼之助は、才蔵と良助を見やる。

「おれも小川町の上屋敷に行くが、訪れている大名家が知りたい。才蔵」

「は」

「急ぎ、薩摩藩の家臣の家紋を調べろ」

「承りました」

「迂闊でした。あらかじめ、家臣の家紋を通達しておくべきだったと思います。これは頭であるわたしの責、申し訳ありませぬ」

今度は多聞に向かって詫びた。父であれば、このような手抜かりは生じまい。つくづく偉大な人だと感じていた。

「城に出仕せねば、わからぬこともある」

多聞がぽつりと言った。

「本当は弥一郎に、そういった表の役目を担わせるつもりだったのだがな。此度の出奔騒ぎは、もはや止めようがないほどに、公儀内にも広まってしもうた。早う戻ってくれれば、まだ打つ策があったものを」

「父上」

胸が熱くなった。見捨てたわけではなかった。ぎりぎりまで弥一郎の明日について考えていた。

「番町の家は、慶次郎に継がせるべきやもしれぬが……先程も話に出たように、あれも今ひとつ考えがわからぬ。しばし様子を見るしかあるまい」

「は」

隼之助は頭をたれる。同じ意見だった。慶次郎の言動は、一貫していない。さらに吉五郎を殺めたのが、慶次郎だった場合、お庭番はだれひとりとして従わないだろう。弥一郎と慶次郎兄弟の明日は、決して明るいものではなかった。

「近々、大御所様にお目通りすることになろう。心づもりをしておけ」

「畏まりました」

「失礼いたします」

花江の声がひびいた。廊下に座していた二人が、身体をずらして、花江に場所を空ける。義母の笑顔を見て、隼之助も自然に笑みを返した。

「水嶋様がお見えになりました」

「波留殿も一緒ですか」

思わず訊いていた。年相応の表情になっていたのかもしれない。多聞や花江、才蔵、そして、良助までもが口もとをほころばせた。

「あ、いえ、つまらぬことを」

「当然の問いかけではありませんか」

花江はいつものように穏やかだった。

「ですが、波留様は同道なされておりませぬ。旦那様にお話があるとのことでございます。祝言の話だと言うておられました」

「さようか」

唇に笑みを残したまま、多聞は立ちあがる。またしても普通の父親のような顔になっていた。胸に湧く不吉なざわめきを、かなり無理をして押しこめる。にやにやしていた良助に気づき、冷ややかな眼差しを向けた。

「なんだ？」

「いえ、上屋敷に戻ります」

「もしかすると、西の蔵に出羽守様はおられぬやもしれぬ。囮の蔵ということも考えられるからな。本所猿江町と四谷の下屋敷も調べろ」

「は」

やりとりを横目で見ながら、多聞は廊下に出て行った。付いて行こうとした花江を呼び止める。

「義母上。申し訳ないのですが、柏の葉をいただけますか。波留殿の考えで優曇華餅を作ることにしたのです。時季ごとに、桜や柏の葉で包めば、風味が変わるかと思いまして」

「わかりました。用意いたしましょう」

多聞に続いて花江がいなくなり、良助が姿を消した。才蔵だけは残っていたが、廊下で様子を見ていたに違いない。

「いよいよだな」

「水嶋様がおいでじゃ」

雪也と将右衛門が、座敷に入って来る。〈加納屋〉には配下が奉公人として潜入するため、用心棒役は御役御免となっていた。

「なんにしても目出度い。祝いの杯といこうではないか」

雪也の言葉に、呆れ顔で首を振る。

「まだ午前ではないか。おぬしは、節操なしの女食らいだとばかり思うていたが、大酒飲みの将右衛門の悪癖が移ったと見ゆる。困ったものよ」

「はて、わしは金と飯のことで頭がいっぱいの大飯食らいだったように思うがの」

首を傾げた将右衛門に、すかさず言った。

「それに加えて、大酒飲みだ。しかも無料酒となるや、浴びるがごとく平らげる。おぬしが一度に飲む量は、軽く風呂桶を満たすであろうな。大風呂敷ならぬ、大風呂酒よ。大風呂敷もよう広げるゆえ、これからは大風呂将右衛門と名乗るがよい」

「我が友の毒舌は、本日も健在か」

「よし。わしは大風呂将右衛門じゃ。花江殿に酒の用意を頼むとしよう。風呂桶にあふれるほどの酒を用意してほしいとな」

盟友たちの軽口を聞く役が、自分と才蔵だけというのは物足りない。

「伊三郎殿はまだ戻らぬのか」

問いかけると、二人の盟友は顔を見合わせた。

「真っ直ぐ三郷殿のもとに向かったのではあるまいか」

「さよう。おとらさんの話では、三郷殿も橘町の家におらぬ由。今頃は不忍池あたりの出合い茶屋でしっぽりと、くぅ、羨ましい話じゃ。御相伴に与りたいのう」

股間を押さえて、将右衛門が大仰に身震いする。声がうわずっていた。女房が待つ家に駆け戻りたい気持ちではないのだろうか。

「やれやれ、将右衛門には、女食らいが移ったか。二人とも、うつけになる才覚はありそうだ。吉原の幇間に弟子入りするか」

「悪態に磨きがかかったな」

「なんの。われらがいてこその、木藤隼之助よ。いや、波留殿がいてこそか」

将右衛門の言葉を大声で継いだ。

「然り」

「ぬけぬけと言うてくれるわ。して、次の御役目はなんだ。祝言の稽古でもするか。花婿の付き添い役に名乗りをあげたいところだが、やめておいた方がよかろうな。わたしが隣に並ぶと、霞(かす)んでしまうゆえ」

「むきになるでない、雪也。地味に生きてきた隼之助の、一世一代の晴れ舞台よ。われらは裏方にまわろうぞ」

「仕方あるまいな」

二人のやりとりが、心をいっそう浮きたたせる。

──五風十雨(ごふうじゅうう)か。

しみじみ噛みしめていた。夢に見た日々が、今、目の前にある。〈だるまや〉が福を運んできたように思えた。

第六章　想い

一

再生屋〈だるまや〉が手伝うのは、見世の立て直しだけではない。心をも再生させてこそ、屋号を名乗る資格があるのではないだろうか。

数日後。

「本当に銀次郎が戻って来たんですか」

松代の何度目かの問いかけに、隼之助は答えた。

「はい。ですが、〈船津屋〉でなければ逢えないと言っています。松代さんは、それでも宜しいですか」

「仕方ありませんよ、あの子がそう言っているんですから。それにしても、なんでしようねえ。真っ直ぐ家に戻ってくればいいのに」

と、松代は、馬喰町の旅籠〈船津屋〉の前で立ち止まる。五つ（午後八時）を過ぎていたが、屋号入りの提灯にはまだ明かりが灯っていた。

敷居が高いのかもしれない。

「銀次郎を呼んで来てもらえませんか」

不安げに言ったが、

「一緒に参ります」

隼之助はそっと背中を押した。

「え、ええ、お願いします。なんだかよくわからないんですが……ちょっと恐くて。いいえ、うちの人が恐いわけじゃありませんよ。女遊びはするわ、稼げっこない相場にはまるわ、おかしな講に手を出すわで、先代が遺した財産を失いましたけどね。見世がここまでもっているのは、わたしが支えてきたからです」

「わかっております。銀次郎さんも、松代さんの苦労がわかるからこそ、一緒に家を出たんじゃないですか」

「そう、そうなんです。一緒に出たんです」

「参りましょう」

もう一度、背中を押した。

「ええ」

ごくりと唾を飲み、松代は、〈船津屋〉の土間に足を踏み入れた。夫の庄助や番頭は出て来ない。玄関先に置かれた行灯が、二階に続く階段を浮かびあがらせている。

かまわず隼之助は廊下にあがった。

「二階です。一番奥の座敷で待っているそうです」

言い置いて、先に階段をあがり始めた。

「待ってくださいな」

松代も慌て気味に追いかけて来る。脱いだ草履を揃えるのも忘れていた。ぎしぎしと音をたてる階段は、綺麗に磨きあげられている。二階の廊下にも行灯が置かれていたのは、夫の庄助の心配りによるものだろうか。

──やはり、な。

この見世に初めて来たときに覚えた臭いを、ふたたびとらえていた。ゆえに雪也と将右衛門に詳しく調べるよう頼んだのだが、すべて胸にしまっておいた。

「あの座敷ですね」

階段をあがって来た松代が、一番奥の座敷を見やる。座敷に置いた行灯の明かりが、廊下にまで洩れていた。

「ひさしぶりに家へ戻って、銀次郎さんもほっとしているのではないでしょうか。うとうとしているのかもしれませんね。松代さんの夢を見ながら、寝ているのかもしれませんよ」

「まあ、いやですよ、壱太さん。見るのは母親の夢じゃなくて、惚れた女子の夢でしょう。いつまでも『おっかさん』では困ります」

「そうかもしれませんが……男にとって母親は、特別な存在なんです。銀次郎さんも行商の間中、松代さんのことを考えていたに違いありません。今もずっと想っていますよ」

「ずっと想っている」

松代は小声で何度も繰り返した。どうしても一歩、出ないのかもしれない。二階の廊下に佇んでいる。さあ、と、隼之助はまた促した。

「行きましょう」

「待って」

松代はきつく隼之助の腕を握りしめる。

「少しだけ、あと少しだけ、ここに」

気持ちを落ち着かせるように深呼吸した。きりがない。隼之助は奥の座敷に向かって歩き出した。

「壱太さん」

「待っていますよ、銀次郎さんが」

座敷の前に行って、屈みこんだ。

「お寝みですか。松代さんがおいでになりました」

「おっかさんが？」

座敷から声が返った。松代は訝しげに眉を寄せている。一歩、二歩と、座敷に近づいて来た。隼之助は障子を開ける。

「失礼いたします」

「銀次郎？」

松代はおそるおそるという感じで座敷を覗きこみ……そのまま絶句する。

座敷には背中を向けた男が座していた。頭は手拭いで覆い、着ている着物は血まみれのうえ、ところどころ破けている。

座敷には、濃密な血の臭気がこもっていた。隼之助が初めて来た日にとらえた臭い、それは血の臭いだったのである。

「だ、だれ？」

松代が訊いた。胸の前で両手をきつく握りしめ、立ちつくしていた。大きく目をみひらいている。白蠟のような横顔は、恐怖に引き攣っていた。

「銀次郎ですよ、おっかさん」

男は答えた。が、振り向こうとはしない。

「ぎ、銀次郎のはずが、いえ、わからない。あのとき、なにが起きたのか。あのとき、去年の六月に」

よろめいた松代を、隼之助は支えた。なぜ、松代が作った料理だけ、味がしなかったのか。銀次郎は本当に行商に出ているのか。

〝親になればわかる〟

と、多聞は言った。親の気持ちになって考えてみた。そのとき、隼之助の胸に、松代の深い哀しみが、ひたひたと押し寄せてきた。

〝みな一様に口が堅くてな〟

雪也の言葉が甦っている。隼之助に〈船津屋〉の身辺を調べるよう言われた友は、片っ端から馬喰町の旅籠をあたってみた。しかし、だれひとりとして真相を告げようとはしなかった。

〝松代さんが住む裏店の者たちも同様であった。慮っていたのだろう、銀次郎は行商に出ていると言うばかりよ。仕方なく馬喰町の旅籠街に戻って、今一度、訊ね歩いてみたところ〟

ようやく一軒の旅籠の主が、真相を教えてくれたのだった。

「去年の六月になにがあったのですか」

隼之助は、封じこめられた心の扉を開けにかかる。

「銀次郎さんは、どうしたのですか」

「わか、わかりません。訊いてください、そこにいるんですから」

松代は顔をそむけて、男を指さした。細い指が震えていた。

「刺されました」

男が告げる。

「おっかさんの言うとおり、おとっつぁんは、女道楽に小豆相場と、派手に金を使いました。借金があったのは本当です。魔が差したんでしょう。おっかさんは、よい儲け話があると言われましてね。騙されちまったんですよ。たちの悪い金貸しがからんでいました。おとっつぁんが親戚中を駆けずりまわって、金を用意したんですが、それでも足りないと言いました。あいつら、ここに乗りこんで来たんです」

「やめて、やめて」

　松代は耳を塞いで座りこむ。男は淡々と続けた。

「おっかさんを匕首で脅しました。わたしはおっかさんを庇って、男と揉み合いになりました。腹がたったんでしょう。男は、いきなり刺したんです」

「もう、やめて、やめてください」

「何度も、何度も刺しました。刺して、男は逃げました。わたしは斃れました。おっかさんは声も出せずに、座りこんでいました。惚けたように宙を見据えて……」

「やめて！」

　絶叫の後、松代は身体を震わせて、泣いた。

　必ず儲かるという危ない話に、手を出したのは松代だった。夫が作った借金を、綺麗にできれば、死んだ大旦那様に申し開きができる。古くなってきた見世を建て直す金もできるかもしれない。

　すべては見世のためだった。酒や博奕に溺れたわけでも、男に入れ揚げたわけでもない。一気に借金を返せれば、毎日の暮らしが楽になる。

〝講のような儲け話だったようです〟

　庄助は語った。

〝積み立てたお金が、やがて、自分に戻ってくる。てまえが知らないうちに、どんどんはまったようでして〟

もっと積み立てないと金はまわせない、他にも儲け話があるよ、ここまできたら手は引けないだろう。

金繰り(かねぐ)がうまくいかなくなると、目つきの悪い連中が出入りするようになった。客を装い、脅(おど)しをかける。見世の沽券(こけん)証を渡せと迫る。

〝普通の客は、寄りつかなくなりました〟

庄助は死に物狂いで金を掻き集めた。どうにか借金は返したのだが、連中は金づるを手放したくない。まだ借金があると、贋(にせ)の証文を楯(たて)にして、迫った。

「わたしを庇って、銀次郎は」

松代は、途切れ途切れに告白した。

「信じられなかった、いえ、信じたくなかった。馬鹿な真似(まね)をした母親のために、あの子が犠牲になるなんて」

松代は〈船津屋〉を出た。そして、銀次郎と一緒に裏店で暮らすという夢を見た。

夢の中で生きるしか、心を保(たも)つ手だてがなかった。

〝くれぐれもお願いしますよ。なんとかして、倅(せがれ)をここに連れ戻してください〟

　庄助が連れ戻してほしかったのは、隼之助の考えどおり、松代。倅が命を懸けて守った女将（おかみ）に、戻って来てほしかったのだ。

「わたしが殺したも同然です」

　庄助は言った。

「女房は、わたしが作った借金を、なんとかしようと思っただけなんです。あれで目が醒めました。もう遅いかもしれませんが」

「遅くありませんよ。諦（あきら）めては駄目です。諦めたら終わりです」

「ありがとうございます」

　しみじみ隼之助を見つめた。

「番頭さんから壱太さんが、倅と同い年ぐらいだと聞いたとき、『もしかしたら』と思いました。松代をここに連れ戻してくれるかもしれない。松代も壱太さんの話なら聞くかもしれない、と」

　階下に降りた隼之助と、亡霊役の雪也に、庄助は何度も頭をさげた。

「本当にありがとうございました。番頭さんをてまえどもの養子にいたしまして、これからまたやっていくつもりです」

「お役にたてたのは、なによりでした」

「わたしも幽霊の役は初めてでしたが、うまくいって幸いでした」

町人髷を結っていない雪也は、それをごまかすために被っていた手拭いを取る。血まみれの着物はすでに脱ぎ、松代に返していた。

「松代さんも帰りたかったんでしょう。〈だるまや〉が多少なりとも役に立ったのであれば幸いです」

隼之助は告げて、雪也とともに見世を出る。そこには将右衛門と才蔵が待っていた。

「木藤様がお呼びです」

才蔵が言った。

「白井藩になにかあったのか」

「いえ、そうではないと思いますが」

言葉を濁した才蔵に、怪訝な目をくれつつ、あとに続いた。

春疾風が去ってまだいくらも経たぬうちに——。

大きな嵐が訪れようとしていた。

二

「大御所様が、木藤隼之助をお召しになられた」
多聞のひと声で、町人髷から侍髷に結い直した。家斉に目通りする件は、近々と言われてはいたものの、やはり、突然という印象が強い。だが、これまたいつもどおりに、問いかけは許されなかった。

翌日。

「波留殿との婚儀の件であろう」

「さよう。鬼役ともなれば、大御所様の許しがいるのじゃ」

雪也と将右衛門の、明るい言葉に送られて、隼之助は裃姿の出仕と相成ったのである。西の丸に入るのは、正月の『膳合』以来だった。

――此度は父上がおられる。

それでも落ち着け、と、己に言い聞かせている。黒書院に通された隼之助は、多聞の後ろに控えていた。あのときから、まだ半年も経っていないことに、驚きを禁じえなかった。塩問屋、老舗の饅頭屋、酒問屋、そして、醤油問屋と、四軒の見世に潜入したが、その間、隼之助の身辺では、さまざまな騒ぎが起きている。

長い、長い四か月に思えた。

「家斉様、おなりでござる」

先触れの声がひびいた。衣ずれの音とともに、まずは御取合役の老中——本庄伯耆守宗発が現れた。将軍の代替わりと同時に、西の丸の老中に収まっている。御簾がさげられた上座の向こうにも、人の気配が感じられた。

「御役目ゆえ、わしはいちおうここに控えておるがの。大御所様は直答を許すという仰せじゃ。お答えするがよい」

伯耆守宗発が口火を切る。

「ははっ」

父子同時に畏まった。いったい、どんな用事なのか。多聞は例によって、詳細を告げていない。隼之助は緊張を抑えられなかった。

「ひさかたぶりじゃのう、木藤隼之助」

御簾の向こうから、やけに親しげな呼びかけがひびいた。年は六十七になるはずだが、声は張りがあって、活きいきとしている。御簾越しにも、老いが逃げていくほどの壮健さが伝わってきた。

「は。大御所様におかれましては、ご息災のご様子。まことに目出度きことと存じ奉り上げます」

あたりさわりなく応じる。

「『鬼の舌』の按配はどうじゃ。此度は、さよう、小網町の醤油問屋〈加納屋〉に潜入したのであったな。いや、按配云々は訊くまでもないか。見事、醤油に秘められた『味』を見極めた由。多聞が得意げに知らせてくれたわ」

上機嫌な様子だった。とはいえ会うのは二度目、感じたとおりなのかどうかはわからない。思いのほか状況を把握しているのは意外だったが、考えてみれば一石橋の〈蒼井屋〉がある。さらに多聞やお庭番もいるとなれば、いやでも耳に入るだろう。

隼之助は自他ともに認める天の邪鬼。

「は。『刹那の恐怖』をとらえました」

これはどうだと言わんばかりの答えを返した。

「隼之助」

前に座している多聞が肩越しに窘める。得意げにと言った大御所を受け、まさに得意げに伝えたつもりだったが、いささか天の邪鬼ぶりが過ぎただろうか。

「申し訳ありませぬ」

すぐに畏まる。

「よい、よい。多聞よ、うるさく言うでない」

家斉は気にするふうもなく、続けた。

「おもしろい言い方をするものよ。先代の隼之助も、かような物言いをしたがの。よう似ておるな」

先代の隼之助とは、初代鬼役を務めた祖父――隼之助のことだ。隼之助が木藤家に引き取られたときには、重い中風（ちゅうぶ）を患っていたため、老いた印象しか残っていない。ただ頭を撫（な）でてくれた骨ばった手が、あたたかかったのは憶（おぼ）えている。

「は」

隼之助はいっそう畏まった。

「先程、小網町の醤油問屋の話が出たが、小網町と言えば白魚（しらうお）じゃ」

家斉は急に話を変える。

「将軍家では、毎朝、白魚を賞味しておるがの。これはなにゆえであろうな、隼之助よ。存じよるか」

「僭越（せんえつ）ながら、お答え申しあげます。白魚は『徳川家の家紋をいただいたわが家の魚』として、権現（ごんげん）様以来、毎朝、召しあがられるのを定めたと聞き及んでおります」

「さよう。ゆえに佃島と小網町の漁師たちに、『白魚役』という御役目を与えたのじゃ。はて、彼の者たちには、白魚屋敷も下賜したか？」

と、御取合役の宗発に問いかけた。

「仰せのとおりにございます」

「ふむ。隼之助よ。余は白魚も好きじゃが、蛤も好物での。あれは焼くのが一番、旨いと思うが、焼き方にもなにかコツがあるか」

「おそれながら、蛤を焼くときは、松笠を燃やして焼くのが、もっとも旨いのではないかと思います次第。父と桑名に参りました折、試してみましたが、極上の一品となりましてございます」

「ほほう、松笠か。試してみるとしよう。では、そのほうにとって、この世で一番、旨いものとは？」

「空腹のときに食べる義母の膳にございます。素早く出てくるのが肝要ではないかと存じます。さらに土産土法、つまり、その土地で獲れた作物を、その土地の調理法で食べるのが宜しいのではないかと」

「なるほど。さきの蛤もそれじゃな」

「は」

「魚も好物なのじゃが、そのほうが気をつけていることはあるか」

「義母より、煮魚を作る際、出汁は昆布出汁を使う方がよいと教わりましてございます。鰹の出汁では、魚の味が二つ重なるため、どうしても按配の悪いものができると」

「多聞。よき後添いをもろうたようじゃの」

家斉は木藤家の内情に通じているようだった。

「は。お褒めにあずかりまして恐悦至極に存じまする」

多聞の身体に、ぐっと力が入る。慣れた父であろうとも緊張感からは解放されない。

それを見て、隼之助は逆に力がぬけた。

――父上でさえ、これなのだ。おれの肩に力が入るのも当然か。

そんな気持ちを知ってか知らずか、

「砂糖、米、醤油、塩と、色々あるが、この世で一番、たいせつな食べ物とは、なんであろうの」

食問答のようなやりとりはまだ終わらない。隼之助はしばし考えた後、

「やはり、塩ではないかと存じます」

遠慮がちに告げた。

「これも父と旅をいたしました折に、わかったことなのですが、塩を摂(と)らずに野草(やそう)を貪(むさぼ)ると、具合が悪くなりまする。危うく死にかけました次第」

「ほっほう、死にかけたか。それはあれか。わざと飢えた状態に陥(おちい)らせて、どれほど耐えられるか試すものか」

「御意(ぎょい)」

と、多聞が答えた。

「戦(いくさ)となれば、野草も野鼠(のねずみ)も食わねばなりませぬ。また毒草を選別するのも鬼役の務め。死にかけたのは未熟である証(あかし)。面目ござりませぬ」

「厳しいのう」

家斉は笑って、言った。

「白井藩の方はどうじゃ。これも聞いた話じゃが、そちは小網町の醤油問屋〈加納屋〉が、鯉(こい)の焼き物を白井藩に届けたのを知って、おかしいと思うた由。多聞の仕込みが行き届いていると見ゆる。よう気づいたものよ」

「おそれいりましてござります。配下に白井藩を調べさせておりますが、藩主の森川出羽守(でわのかみ)様のお姿が見あたらないとか。押込(おしこめ)を装った罠(わな)なのか、あるいは、まことの押込なのか。今少し調べが要るやもしれぬと考えております次第」

かなり具体的な事柄まで口にした。鬼役としての技倆を試すとともに、調べの進み具合を知りたがっているように思えたからである。

「〈加納屋〉の旨い醤油は、滞りなく届いておるがの。出羽守は前藩主の葬儀を理由に、ひと月ほど出仕しておらぬ。余も不審を覚えていたところじゃ。新しい頭は、目配りも手配りもぬかりがない。頼もしいのう、多聞」

「お褒めにあずかりまして恐悦至極。なれど、倅はまだまだ未熟者にございますれば、大御所様のお力添えを賜りたく存じます」

「あいわかった。新しいお頭に、ひとつ、訊ねたき儀がある。近頃、謀叛の噂がしきりに聞かれるようになった。彼の者たちをおとなしくさせる策がないものかのう」

形だけの恭順であろうとも、今の家斉には必要なのかもしれない。だが、薩摩藩をはじめとする謀叛派を静かにさせる策など、そう簡単に浮かぶものではなかった。

「しばし時をいただきたく存じます。すぐには浮かびませぬが、考えつき次第、お知らせいたしまする」

「ふむ。隼之助がいかなる案を出すか、楽しみじゃ。なれど、あまり時はない。わかっておろうの」

「は。ときに、大御所様。〈加納屋〉のことでござりますが」

隼之助は話を戻した。

「申せ」

「〈加納屋〉は、天下商人の印可を賜れぬかと願い出ております。大御所様の後ろ盾があれば、やりやすくなるは必至。それがしからもお願い申しあげまする」

「よかろう。饅頭屋の〈相生堂〉、酒問屋の〈笠松屋〉であったか。彼の見世に続き、天下商人の印可を授けようではないか」

「ははっ、ありがたき幸せ。主夫婦に成り代わりまして、御礼申しあげます」

大きな約定をはたして、思わず力をぬいたとき、

「ときに、隼之助」

急にあらたまって呼びかけた。

「は」

「そちにはまだ妻女がおらぬとか」

突然、話の流れが変わったが、これこそが本日の重要な案件に相違ない。盟友たちの言葉をいやでも思い出している。召し出された真の理由はわからないものの、波留との婚儀を報告するための場を、多聞はもうけてくれたのだろう。とはいえ現時点においては、だれとも所帯を持っていないので、波留のことは口にしなかった。

「は」

次に出るであろう言葉を予測して、忙しく返事を考える。

許嫁は水嶋波留と申します、大御所様のお許しを得たうえで、祝言の日取りを決める所存にございます。お許しいただきたく存じます。

——そういえば、水嶋殿の姿が見えぬな。

水嶋福右衛門が具体的な祝言の話をしに来たのは、昨日の昼間だった。今日のお召しも知っているはずだろうに、なぜ、福右衛門が同席していないのか。そろそろ来るだろうと、廊下でひびく声を待っていたものを、結局、いまだに姿を見せていなかった。

「宗発」

家斉は唐突に御取合役を呼んだ。

「は」

「そちの孫娘、名はなんと申したか」

「香苗でございます」

「年は?」

「十六になり申した」

「善哉、善哉。木藤隼之助、宗発の孫娘、香苗を娶るがよい」

あっさりと家斉は命じた。

「大御所様。それがしは」

訴えようとしたが、多聞はそれを許さない。

「ご老中の姻戚に加わるのは、このうえない喜びにございます。洩れ伝え聞いたところによりますれば、本日、香苗様がおいでになられている由」

「さよう。大御所様たっての頼みとあらば、聞かずにはいくまいと思うての。取り計ろうた次第よ。若い者は若い者同士、庭で話をするのが宜しかろうと存ずる」

「ははっ」

平伏した多聞に、不承不承、従った。が、心には怒りと不満が渦巻いている。あらかじめ話を調えていたことに、強い憤りを覚えていた。

三

「承服いたしかねます」

隼之助は、きつく拳を握りしめている。

「わけがわかりませぬ。なにゆえ、いきなりご老中の孫娘との見合い話が出るのですか。父上のご存念をはかりかねております」

控えの間に移ったとたん、堰を切ったように怒りが噴き出した。事前に人払いしていたのか、他にはだれもいない。多聞と二人きりだった。

「本日のお召しは、波留殿との祝言を、大御所様にお知らせするものだとばかり思うておりました。かような形で父上に裏切られるとは、いえ、信じた方が悪いのやもしれませぬが、わたしは得心できませぬ。昨日、水嶋殿が屋敷にお見えになられたばかりではありませんか。いったい、なにが……」

「波留殿は死んだ」

「え？」

隼之助は我が耳を疑った。一瞬、なにを言ったのか理解できなかった。波留が死んだ、まさか、そんな馬鹿なことが、死ぬなどありえない!?

「いつ、どこで、だれが波留殿を」

まず頭に浮かんだのは波留の仇討ちだった。真実であるならば、必ずや仇を討ってくれる。地の果てまでも追い詰めて、血祭りにあげてやる。許すものか、愛しい女子を奪い取ったそやつを、なますのように切り刻んでくれるわ。

「父上」

口の中がからからに渇いていた。両手に冷や汗が滲（にじ）んでいる。

重苦しい沈黙が続いた。

子は父を睨（にら）みつけ、父は無表情にそれを見つめ返している。どれほど続いただろうか。辛抱強く答えを待つ隼之助に、多聞はようやく重い口を開いた。

「わからぬ」

いつもどおりの短い答えが返る。ふだんであればなんなく読み取れるが、今、隼之助は嵐のただ中にいる。冷静に考えられなかった。

「わからぬでは、わかりませぬ。わたしはこれから水嶋殿の屋敷に参ります」

「よせ」

多聞が制した。

「此度の騒ぎには、おそらく富子がからんでおろう。慶次郎に命じて、波留殿を誘（おび）き寄せたのやもしれぬ。昨日、水嶋殿はそれを知らせに来たのじゃ。見張り役と護衛役をかねたお庭番の目をかいくぐって、波留殿が屋敷を抜け出したとな。家中（かちゅう）を配して行方を探させているが、居所がつかめぬとのことであった」

「では、まだ死んだわけでは」

安堵とともに出たかすかな望みを、多聞は即座に打ち消した。

「たわけ！」

背筋が伸びるほどの怒声だった。

「無事に済むわけがない。仮にまだ生きているとしても、それはもはや水嶋波留にあらず。武家女の魂を捨てた亡骸よ」

ぐさりと胸に突き刺さる。陵辱されているであろう波留は、当然、死を選んだに違いない。武家の女は辱めを受けた時点で、自刃して果てるのが定め。従わぬ女は生きる資格を失った亡霊だと、多聞は告げていた。

「水嶋殿は言うた」

波留のことは、お忘れくだされ。万が一、おめおめと生きて戻ったときには、それがしが屋敷の外で首を刎ねまする。

屋敷に入れることさえ許さぬと、涙ながらに訴えた。長女の奈津に続いての厄災。膳之五家の家に生まれていなければ、たいらかな暮らしを営めたであろうに……あらためて言われるまでもない。武家女の生き様と死に様は、わかりすぎるほどわかっている。

が、隼之助は一縷の望みに縋りついた。

「辱められているとは限りませぬ」

「膳之五家を貶めるには、かような噂話だけで充分よ。弥一郎の一件でも、わかるではないか。おまえはあらたな鬼役、膳之五家を纏める頭役じゃ。他の男に穢された女子を、娶ることは許されぬ。幸いにも大御所様が、自ら動いてくだされた。ご老中の孫娘ぞ。普通ではありえぬ見合い話じゃ。言いたいことはわかる、だが、こらえろ、隼之助。頼む、こらえてくれ、頼む」

多聞が両手を握りしめた。目に涙を浮かべていた。

「父上」

動揺している己に、隼之助は戸惑っている。なにがなんでも波留でなければと思っていた。なにかあれば命を懸けて守るという気持ちは変わらない。だがしかし、他の男に穢された女子を、今までのように想い続けられるだろうか？

〝かようなことになろうとも、隼之助様は隼之助様です。なにも変わりませぬ。〈だるまや〉として、コツコツと働けばよいだけのことではありませんか。わたくしはそれで充分です〟

不意に波留の〈声〉が聴こえた。背中にぬくもりを感じた。あのとき、そう、松代の作った膳の味がしなくて、なさけないほどに狼狽えたときだ。裏店の木戸に座りこんだ隼之助を、波留は後ろから抱えこむようにして、抱きしめてくれた。

——おれはなんという不実な真似を。

波留の想いに応えたい。あのときの心に報いたい。

「此度の儀、承服、いたしかねます」

一語、一語、絞り出すように言った。はらはらと涙がこぼれた。目をあげた隼之助は、父の目から流れ落ちる涙を見た。

「では、今だけでよい。こらえろ」

多聞流の処世術を口にする。とりあえずは、大御所様とご老中の顔をたてろ。祝言については、あとで考えればよい。大御所様の顔をつぶしてはならぬ。それは木藤家の終わりを意味することぞ。

「探し続けます」

覚悟のほどを示した。

「お庭番を配して、波留殿を探し続けます」

「…………」

多聞の頬を涙が一筋、伝い落ちた。我が子の悲運をともに嘆いていた。波留の不幸を哀しんでいた。

「ご無礼つかまつります」

家斉付きの側用人が呼びに来た。

「お庭で香苗様が、お待ちでございます」

「すぐに参ります」

意外にも落ち着いた声が出た。心が二つに分かれてしまったかのような違和感を覚えている。老中の孫娘との見合いに臨む隼之助と、一刻も早くここから立ち去って波留を探しに行きたいと思う隼之助がいた。

――蓮花の薫りか？

廊下から中庭におりたとき、かすかに薫る蓮花の薫りをとらえた。足もとがふわふわして頼りなかったが、なんとか立って、歩いていた。いつも以上に過敏なのは、波留が蓮花の練香を用いていたからかもしれない。かすかに漂う水の匂いからして、池もあるのだろうが、この時季、まだ蓮花は蕾の状態だ。

――どこから薫ってくるのか。

案内役の側用人を無視して、隼之助は小径に足を踏み入れた。おそらく茶室に続いているのだろう、小径の両側には色とりどりの菖蒲の花が植えられていた。自然に生えているように見せかけているが、そうではあるまい。白や青に混じって、黄菖蒲もひっそりと花開いている。それを横目で見ながら、隼之助は茶室に歩(ほ)を進めた。

ふわり、と、蓮花の薫りが漂った。

――波留殿。

茶室の前に突然、現れた娘を驚愕(きょうがく)とともに見つめた。実際は茶室から出て来たのかもしれないが、隼之助の精神状態は常(つね)とは異なっている。なにもかも夢の中のようでありながら、現実のようでもあった。

「香苗と申します」

娘は目を見て、挨拶(あいさつ)する。

「木藤隼之助様でございますか」

物怖(ものお)じしないのは、育ちのよさか、生まれつきの気質ゆえか。声が波留に少し似ていると思った。

「いかにも、木藤隼之助でござる」

香苗が放つ蓮花の薫りを、深く、深く、吸いこんだ。背丈が波留と同じぐらいだ、手の形が似ている、うなじの美しさもまたよく似ている、などと、似ても似つかぬ顔立ちの香苗を見つめながら、波留との共通点を懸命に探していた。

「茶を一服、馳走(ちそう)いたしたく思います」

香苗の申し出を受ける。

「かたじけない」

似ている部分を探して、後ろめたさを打ち消していることにさえ、隼之助は気づいていなかった。

四

それからの数日間を、隼之助はよく憶えていない。

ひたすら波留を探し続けた。むろん盟友たちや才蔵、そして、配下も一緒だったのだが、目に入らなかった。蓮花の薫りに気づいては立ち止まり、波留に似た後ろ姿を見ては、前に走り出て女の顔を確かめた。

――どこにいるのだ、波留殿。

自刃（じじん）したのであれば、その亡骸でもいい、この腕に抱きしめたかった。たとえ他の男に陵辱されようとも、生きていてほしかった。隼之助を後ろから抱きしめたあのぬくもりが忘れられない。

もしかしたら、橘町（たちばな）の家に来るのではないか。

思いたつと、もういてもたってもいられない。小石川の屋敷から橘町の家に駆け戻った。

きっと来ているはずだ、笑顔で迎え入れてくれるに違いない。

「波留殿」

戸を開けて、呼びかける。

応えはない。

家の中はしんと静まり返っていた。

「ここにいたのか、隼之助」

「一献、酌み交わそうぞ。ささ、あがれ、あがれ」

雪也と将右衛門が、酒を持って来た。浴びるように飲み、わずかに訪れる昏い眠りに落ちた。

悪夢には決まって北村富子が現れる。弥一郎と慶次郎の母は、番町の屋敷の廊下で短刀をかまえていた。音もなく迫る、隼之助を刺そうとする。

「…………」

富子はなにか言ったのだが、どうしても思い出せない。

――消えろ、いや、頼む。波留殿の行方を教えてくれ。

波留を帰してくれるのであれば、この命、くれてやってもいい。代わりに波留を助けてほしい。そのためならば、家も名も要らぬ。弥一郎と慶次郎に、なにもかも渡そうではないか。だから、だから……。

伸ばした手を、だれかが摑(つか)んだ。

「隼之助様」

蓮花の薫りがする。

「波留殿、か？」

「はい」

「無事なのか、大丈夫だったのか」

他の男に陵辱されてはいないのか。そんなことを気にする愚(おろ)かな自分がいた。幻の女は隼之助の右手を握りしめ、胸もとに導いた。

「波留殿」

蕾(つぼみ)のようなふくらみに、はっとして手を引こうとしたが、

「抱いてください」

幻の女は耳もとに囁(ささや)いた。身体中から立ちのぼる蓮花の薫り、やわらかな乳房の感触、桜色の小さな唇。少しだけ開けられた唇に、隼之助は唇を寄せた。幻の女はすで

に着物を脱ぎ、長襦袢(ながじゅばん)姿になっている。下半身を押しつけるようにして、すり寄せた。

「波留、波留」

隼之助は欲望を抑えきれない。荒々しく伊達締め(だてじめ)をほどき、長襦袢を脱がせた。肌襦袢と腰巻を奪い取った後には……雪のように白い裸身があった。

夢中で唇を吸い、乳房を揉みしだいた。

膝(ひざ)で女の両足を割る。あくまでも従順だった。抗(あらが)う素振りはいっさいない。猛(たけ)り狂う隼之助の『男』を受け入れるとき、幻の女は小さな声をあげた。

「あぁ、隼之助様」

蓮花の薫りが、いっそう強くなる。

女に抱かれるようにして、隼之助は眠りに落ちた。悪夢は訪れない。ひさかたぶりに爽やかな目覚めを迎えたように思えたが――。

「……佳乃(よしの)、殿」

隣にいた女子を見て、血の気がひいた。雪也の妹、殿岡佳乃が、輝くような裸身を曝(さら)している。

「よう眠っておられました」

と、白い手を隼之助の顔に伸ばした。乱れた髪の毛にふれようとしたのだろう、隼之助は慌てて飛び起きる。

「まさか、佳乃殿だとは」

目を逸らして呟いた。いや、心のどこかでわかっていたのではないか。波留の身代わりを務めているのが、雪也の妹だと気づいていたのではないか。

「後悔してはおりません」

佳乃はきっぱりと言った。無様に狼狽える隼之助とは対照的に、清々しささえ感じさせた。手早く身支度を調え始める。

「一度だけでいい、そう思うておりました。想いを遂げて満足しております。わたくしは、隼之助様のお子を産みます」

「な……」

思わず振り向いていた。

佳乃は、仏のような微笑をたたえていた。

「ご案じなされませぬよう。わたくしは、父の命に従って、西の丸の納戸頭を務める家に嫁ぎます。でも、生まれるのは隼之助様のお子。この子を跡継ぎにして、家を守り立てる覚悟です」

長襦袢姿で腹を愛おしげに撫でている。いつも背伸びして、おとなぶっていた勝ち気な娘が、得体の知れない生き物に変わっていた。なにか言おうとするのだが、うまい言葉が見つからない。

「なぜ？」

意味のない愚問を発していた。単に浮かんだだけだったが、

「いつも、わたしを待っていてくれました」

佳乃は明確に答えた。

「兄たちに置いてきぼりにされたわたしを、隼之助様は足を止めて、いつも待ってい
てくれました。そして、手を差し伸べてくれました。あのときからずっと……お慕い
申しております。今も、これからもずっと」

隼之助の手を握りしめて、頰をすり寄せた。

置いてきぼりにされたのは、慶次郎だけではなかった。しかし、取り残された寂し
さと哀しみの中に、佳乃は小さなぬくもりを見つけていた。

「おれは」

口を開きかけたが、佳乃は人差し指を隼之助の唇にあてた。

「わかっております。隼之助様は、ご老中様の孫娘を娶られるとか。お忘れください。
わたくしのことも、波留様のことも」

言い終えると、素早く身支度を調えた。隼之助は茫然とそれを見つめている。波留の話を聞いたあのときから、終わりのない悪夢に投げこまれたかのようだった。目覚めているはずなのに、まだ悪夢の中にいるようだった。

静かに頭をさげ、戸を閉めた佳乃を、無言で見送った。

置いてきぼりにされたのは……。

「おれか」

しわがれた声は、他人が発した声のよう。自嘲するぐらいしかできない。よりにもよって雪也の妹と、かような関わりを持つとはな。地に堕ちたものよ。己の欲望を抑えることもできなんだ。

のろのろと着物を着た。あまりにも見事な佳乃の生き様を見せつけられて、衝撃を受けていた。とうてい太刀打ちできない。

あれが女子というものだろうか？

「波留」

愛しい女子の名を呟いてみる。佳乃が言うように、たやすく忘れられたら、どれほど幸せだろう。が、不器用な隼之助には、至難の業だった。

「探さなければ」

衝(つ)き動かされるような想いに、今は身をまかせたい。生死だけでも確かめたかった。

隼之助は家の外に出る。そろそろ夜明けのはずだったが、江戸の町は朝靄(あさもや)に包まれていた。

「だれだ？」

通りに出たとき、前方に人影をとらえた。音もなく近づいて来る。朝靄の中から現れたのは……。

木藤弥一郎だった。

「貴公と立ち合いたい」

と、申し出た。

「真剣にて、お願い申しあげます」

月代(さかやき)には和毛(にこげ)のような毛が生え、不精髭(ぶしょうひげ)が生えていたものの、削(そ)げ落ちた顔には精悍(せいかん)さが加わっている。よけいなものを捨ててきたと告げているように見えた。

「やめろ、隼之助」

「今のおぬしには無理じゃ」

いつの間にか、後ろに雪也と将右衛門が立っていた。才蔵の家にでもいたのかもしれない。見張り役をかねた護衛役を務めていたのかもしれないが……ふたたび自嘲を浮かべている。

──佳乃殿のことは見て見ぬふりか。

ますます己が惨めになった。

「承知いたしました」

波留の行方がわかるかもしれない。

淡い望みを胸に、隼之助は、弥一郎との勝負に臨む。

五

立ち合う場所として選んだのは、小石川の屋敷内の武道場だった。

隼之助の方は、雪也と将右衛門が立ち合い人となり、弥一郎の方は、五十前後の男と若党のひとりが控えていた。隼之助は沐浴したうえで、髪を町人髷に結い直している。双方ともに稽古着姿という点は変わらない。

「どちらかが『参った』と言うまで続ける。それで宜しいか」

弥一郎が訊いた。

「承りました」

「では」

弥一郎は愛刀を腰に携えた。隼之助は、父から授けられた短刀を腰に挟んだ。弥一郎はちらりと見たが、特に言葉は発しない。以前であれば「短刀でおれを斃せると思うているのか。馬鹿にしおって」と怒気をあらわにしただろう。長いような、短いような出奔の間に、なにか得るものがあったのかもしれなかった。

「参る」

と、弥一郎は腰を深く落とした。尻が床に着くほど腰を沈めたが、刀はまだ抜いていない。野太刀示現流の構えに似ていた。

——薩摩藩の御留流を会得したか。

姿を消していた間に、薩摩藩の遣い手が指南した可能性がある。この分では、慶次郎も取りこまれているかもしれない。背後にちらつく薩摩藩の影、いずれにしても油断できなかった。

目は弥一郎にあてたまま、隼之助は懐に飛びこむ隙を狙っている。抜き放つ前に仕留められるか否か。

勝負は一瞬で決まる。

——静かだ。

隼之助は、不思議な静寂を覚えていた。佳乃の慰めによるものだろうか。あれほど猛(たけ)り狂っていた心が、今は池に映る月のごとく、穏やかに澄んでいた。じりじりと迫って来る弥一郎を、むしろ愉(たの)しげに迎え撃つ己(おのれ)がいた。焦(じ)らすように、相手が近づけばさがって、常に間合いを取り続けている。

弥一郎の短気が早くも出た。

「はぁっ」

気合いもろとも下から斬りあげる。踏みこんで放った渾身(こんしん)の一撃、香坂伊三郎であれば、股間から肩口まで一気に切り裂いたかもしれない。が、弥一郎はまだそこまで達していなかった。隼之助はいち早くさがって距離を取る。

弥一郎は右蜻蛉(とんぼ)の構えに変えた。右耳の横につけた刀を、天に突きたてるように構え直した。あたかも天から刀にぶらさがっているかのごとき様子である。足はやわらかく、しなやかに動いた。つつっと前に出る、隼之助はわざと動かない。

「てやぁっ」

頭上に振り降ろされた一撃を、紙一重で右にかわした。すかさず弥一郎は打ちこんで来る。右蜻蛉の姿勢のまま打ちこむのが理想であるものを、付け焼き刃ではままならなかったのか、ふだんの構えに戻っていた。

これも隼之助は軽く避けた。寸前まで引きつけて、かわし続ける。

「くっ」

弥一郎の頬が朱に染まった。

「焦ってはならぬ」

立ち合い役の五十男から声がかかる。神聖な場においては御法度だが、いちいち訴えるつもりはない。踏みこんだ弥一郎をかわして、右にまわりこむ。そのまま後ろを取ろうとしたが、流石にそこまで鈍くなかった。

「はっ」

弥一郎は、振り向きざまの一撃を叩きつける。隼之助はさがったが、わずかに遅れたのだろう、額にすっと風が走った。刃がふれた感触はなかったのに額が切れた。血が滲む程度ではあるものの、皮膚が少しだけ裂けている。

——足を止めればいい。

心の裡側で声がひびいた。

いっそ斬られてしまえ。そうすれば楽になる。波留のことや鬼役のこと、木藤家の騒動などなど、一切合切、消え去るではないか。なにを迷うておる。足を止めるだけで済む話よ。

そう思いながらも身体が勝手に動いた。伊三郎との稽古によって、いちだんと磨きがかかった疾風のような体技。それが抜け殻のような我が身を操っている。生きる意志はないはずなのに……。

――まことか？

ふたたび自問していた。

本当は生きたいと叫んでいるのではないか。波留が生きていれば、所帯を持つのも夢ではない。隼之助が木藤家を出れば夢ではなくなる。たとえ他の男に陵辱されようとも、波留は波留だ、変わらない。

――そう、結局はおれの心次第よ。

迷っているのは己だと知った。弥一郎と立ち合いつつ、己と対峙していた。あれこれ理屈をつけながら、波留が穢されたのではないかと気にしている。もしや、腹に弥一郎か慶次郎の子が、と、思うだけで怒りが燃えあがる。

身勝手な考えだと思った。

常とは異なる精神状態だったとはいえ、佳乃と一夜の契りを結んだ。この身が穢れたとは思わないが、波留にすまないと思う気持ちはある。つまらない武家の定めを言い訳にして、現実から逃げているのだ。武家の定めはまことにもって、都合のいい定めである。

——集中しろ。

これを片づけないことには、波留を探すどころではない。左蜻蛉に構えようとした弥一郎の横を、通り過ぎざま短刀で斬りつけた。

「う」

道着の脇が裂け、血があふれ出た。隼之助は短刀を鞘に戻しながら素早く離れる。弥一郎が突きの構えに変えたからだ。以前よりは確かに速くなっている。が、隼之助は伊三郎のお陰で、常人ばなれした体技を身につけていた。一対一であれば、負けない自信を持っている。

「終わりにせぬか」

さまざまな思いをこめて言った。富子と多聞の深い因縁、それに連なる兄弟の確執、血で血を洗うような戦い、技くらべのような立ち合い。振りまわされるのはもうたくさんだ。ここからの人生は、己で摑み取りたい。

「愚弄するか！」

弥一郎は声を荒らげた。技倆の差はわかっていたかもしれないが、認めたくなかったのだろう、続けざまに打ちこんで来る。右、左、右、左と、脳天めがけて刀を振り降ろした。

隼之助は軽やかに避ける。踊りの仕草のように見えたかもしれない。よけいに弥一郎の頬が赤く染まった。いっそう激しく打ちこんで来る。

——動くな、足を止めろ。

ふたたび死の誘惑に襲われた。弥一郎の後ろに、母親の富子が浮かんでいる。子供だったあのとき、厠に向かった隼之助を、おそらく殺めようとして近づいて来た。富子はなにかを呟いたのだが、どうしても思い出せない。

「くそっ」

舌打ちして、弥一郎はいったん刀を鞘に収めた。蹲踞の姿勢に戻して、抜き打ちの構えを取る。隼之助は両手を軽くさげ、両足をわずかに開いて立っていた。力をぬいた自然体で、相手の動きを待っている。

じりっと弥一郎が前に出た。

隼之助も前に出る。さがると読んでいたに違いない、虚を衝かれた弥一郎は、刀を抜くのが遅れた。

「はっ」

龍の短刀がひらめいた。弥一郎の右手首に、龍が絡みつくような動きだった。鎌鼬に遭ったように感じたかもしれない。いきなり弥一郎の右手首から鮮血が噴き出した。

「それまで！」

立ち合い役の五十男と、弥一郎の叫び声が重なる。

「参った」

膝を突いて、右手首を押さえた。隼之助は懐の手拭いで手早く止血する。武道場全体が、ふうっと大きな吐息をついたように感じた。配下たちが外で見守っていたことに、初めて気づいた。やはり、気持ちの働き方が尋常ではない。

「お庭番か」

弥一郎が唇をゆがめる。

「おれが勝ったときには、始末するつもりだったのであろう。新しいお頭への忠誠心は、ゆるぎないものと聞いている」

「さような真似はさせぬ」

答えて、訊ねた。

「弥一郎殿。水嶋波留殿は何処に？」

「波留殿？」

止血された右手首を、弥一郎は軽く押さえている。立ち合い役と若党に、問いかけるような眼差しを投げた。が、二人とも小さく首を振る。

「行方は知らぬが、心あたりがなくもない。探してみよう。なるほど、それゆえ妙な感じがしたのか」

弥一郎は苦笑いした。人懐っこい笑顔だった。

「いや、誘うようにふっと隼之助殿の気がぬけるように思えたのだ。今だ、と、ばかりに打ちこむが、とたんに眼前から姿が消える。あれは『心ここにあらず』だったわけだな」

「すまぬ」

他に答えようがなくて、告げた。

「斬られてもいいと思うていた」

「なれど、身体が勝手に動いた、か」

弥一郎は立ちあがる。

「羨ましいことよ。おれが同じ立場であったら、間違いなく命を落としていたであろう。生まれ持つ才に扶けられたな、隼之助殿」

「才など……」

「ないとは言わせぬ」

ぴしゃりと遮った。

「それを認めるのが、どれほど辛(つら)かったか。なれど、立ち合(お)うて、ようわかった。隼之助殿こそが、新しい鬼役に相応(ふさわ)しいとな」

「弥一郎殿」

「これにてご免つかまつる」

「お待ちくだされ。差し出口を承知で申しあげる。すぐさま番町の屋敷に戻られるのが、宜しいのではあるまいか。父上は、御城や西の丸への出仕、つまり、表の役目を、弥一郎殿にまかせたいと考えておられる由」

「なんと？」

弥一郎は肩越しに振り向いた。驚きの表情が、安堵(あんど)を含んだそれに変わる。隼之助の胸にも小さな安堵が広がる。

「まことでござる」

先んじて言った。

「それがしも、同じ考えでござる。弥一郎殿にお力添えいただかぬことには、とうてい務められませぬ。あらためてお願い申しあげます次第」

へりくだって辞儀をした。

「承った」

弥一郎は答えるや、すぐに背を向ける。両目が潤んでいたのを、隼之助は見た。

「波留殿の行方、必ずや、つかみまする」

礼のつもりだったに違いない、弥一郎は「必ずや」の部分に力をこめた。雪也と将右衛門が後ろに来て、隼之助の肩を叩いた。波留の生死はわからないものの、弥一郎との無意味な対立は終わりを告げたといえるだろう。

「隼之助様」

才蔵が入れ替わるように姿を見せる。

「おいでください。香坂様と三郷が戻りました」

切迫した様子だった。

隼之助は、だれよりも早く武道場を飛び出している。

不吉な胸騒ぎが湧いていた。

六

香坂伊三郎は、村垣三郷と出合い茶屋に行ったわけではなかった。

「残る五人の刺客、隼之助殿を狙うた野太刀示現流の遣い手を、ひとり、ひとり、始末しようと思うてな。やつらの塒をひそかに襲うた次第よ」

伊三郎が経緯を語った。

九十九里に近い五十集屋で、待ち構えていた六人の刺客。かつての剣友だったが、伊三郎は堂々と決別宣言をした。ひとりは斃したものの、五人とは刃を交えることなく見送っている。

「もしや、われらを助けるために、敢えて、五人を見のがしたのか」

隼之助の問いかけに、伊三郎は曖昧な微笑を返した。それが答えだった。六人は選りすぐりの遣い手。あそこで戦いになれば、隼之助たちにも大勢の死人が出たは必至。ゆえに伊三郎は、こう告げたのだ。

〝やめろ〟

そっと微笑って、

〝おれの楽しみを奪うな〞

と。

「一対一であれば負けぬ」

伊三郎は、隼之助と同じ自信を持っていた。朝稽古の折、いやというほど互いの速さを感じていた。

隼之助は伊三郎の自顕流、伊三郎は隼之助の体技。

『二人の疾風』と仲間に称される二人は、わずかな期間でそれぞれの技を見切った。あとはさらに磨きあげるのみ。終わりのない世界だが、一対一における戦いにおいては、確かな自信を持つにいたった。

「二人目までは、うまくいった」

伊三郎は壮絶な始末譚を続けた。

「なれど、やつらも馬鹿ではない。おれの動きを察知した」

危険を承知のうえの道行き、三人目の始末をつけに行ったとき、三人の刺客が待ち伏せていた。危うく斬られかけた伊三郎を庇ったのは……。

「三郷よ」

と、横たわる三郷に視線を落とした。お庭番が住む長屋に運びこまれた女は、瀕死の重傷を負っていた。死の床を囲んでいるのは、才蔵やお庭番たち。だれひとりとして、言葉を発しない。

「後ろから斬られかけたが、三郷のお陰で三人目も片づけられた。やつらが怯んだ隙に、いったん引きあげた次第よ。しきりにおぬしの名を呼ぶのでな」

伊三郎は淡々と告げた。起きた事柄を、できるだけ正確に伝えようとしていた。隼之助は狼狽えていた。

「なにゆえ、三郷は伊三郎殿と」

どこか間の抜けた問いかけが、動揺ぶりを示している。

「三郷はおれの妻じゃ」

伊三郎は言った。

「連れて行くつもりはなかったが、どうしてもと言うた」

契りを交わしたうえは、生きるも死ぬも一緒ではありませんか。お連れください、伊三郎様。わたしはおまえさまと、お頭様のお役にたちたいのです。

「おれの、おれのために」

隼之助は言葉が出ない。波留のことで思い悩んでいる間、この二人は、近いうちに刺客として襲いかかるであろう五人を、始末する死出の旅路に出ていた。盟友たちの言葉どおり、出合い茶屋で熱いひとときを過ごしていたのであれば、どれほどよかっただろう。

しかし、二人がそれをしていたら、今、隼之助はここにいなかったかもしれない。

「お、まえ、さま？」

三郷が呻いた。後ろから袈裟掛けに斬られていた。左肩から腰にかけて、ざっくり皮膚と骨が裂けていた。仰向けに横たえられないため、うつ伏せの状態になっている。すでに手のほどこしようがなかった。生きているのが不思議なほどの深傷だった。

「おれはここじゃ、三郷」

伊三郎が、血まみれの手を握りしめた。

「おまえのそばにいる」

聞いたことがないほど、やさしい声だった。懐から銀の簪を取り出すと、三郷の髪に挿してやる。

「似合うぞ。三国一の花嫁殿よ」

「嬉しい」

三郷は口もとをほころばせた。うつ伏せの姿勢のまま、だれかを探すように目を泳がせる。伊三郎がすぐに察した。

「隼之助殿もここにいる」

「三郷」

隼之助は、這(は)うようにして、三郷と目を合わせた。伊三郎が握りしめている手に、自分の手を重ねる。

「お、かしら、さ、ま、の、おやくに」

血が喉(のど)で絡まってしまい、言葉にならない。

「お頭様のお役にたちましたか」

伊三郎が通詞役になった。

「役にたつどころではない、大手柄だ。伊三郎殿が五人の刺客をすべて始末してくれたのでな。これでおれは枕を高くして眠れる。三郷と伊三郎殿のお陰よ」

嘘をついた、許される嘘だと思った。

「よかった」

三郷は、すぅっと小さく深呼吸する。

かろうじて開いていた目を閉じた。

「三郷」

伊三郎が叫んだ。

「おれの妻は、そなたひとりじゃ。今も、これからもずっと」

三郷は……頷(うなず)いたように見えた。口もとに微笑が浮かんでいた。いたたまれなくて、隼之助は部屋を出る。

廊下に雪也と将右衛門が佇(たたず)んでいた。少し離れた場所に、弥一郎も立っている。帰り際、長屋に三郷を運ぶ伊三郎を見たのかもしれない。

隼之助が首を振ると、小さく会釈して、弥一郎は踵(きびす)を返した。

「あの傷で、よう保(も)ったな」

雪也の呟きを、将右衛門が継いだ。

「お頭様にひと目、逢いたかったのであろう」

「想いに報いてやれなんだ」

後悔が口をついて出る。

「もう少しやさしくしてやれば……」

「己がすべきことをしろ」

雪也が静かに言った。そう、悩んでいる暇はない。鬼役として、できることをするのが、犠牲となった三郷の供養になるはずだ。

「才蔵」

隼之助は命じた。

「みなを集めろ」

「は」

白井藩の騒動は、まだ終わっていない。

波留の面影を胸にいだきながら、隼之助は、鬼役の務めに命を懸ける。

雨が降り出したのか、大きな雨音がひびいていた。

第七章　連判状の茶会

一

白井藩森川出羽守俊民の上屋敷は、御城の北――一橋御門の近くに位置していた。

周囲は大名家や旗本の武家屋敷という一画で、敷地面積は約二千六百坪。一万石の譜代大名家としては、ごく普通の規模だったが、寺社奉行を務める家としては、いささか手狭かもしれない。

そして、隠密行動を取るにも、やりにくい広さといえた。それならば、堂々と正面から行けばいいのではないか。

三日後。

「大御所様より、あらたに鬼役を拝命つかまつりました木藤隼之助にござります」

隼之助は、上屋敷の大広間で挨拶した。

「表の御役目は、兄、弥一郎が務めますが、此度は急な病でござりますゆえ、それがしが名代を務めさせていただきます。いずれ襲名披露を行いますが、その折は是非、足をお運びいただきたく思います次第」

裃姿で堂々と告げた。来るなら来いと、肚をくっている。弥一郎の件については、多聞に話をとおしていない。が、言った者の勝ちだと考えていた。

――父上のやり方を、踏襲させていただくだけのことよ。

開き直っている。

「あれが噂の鬼役か」

大広間にどよめきが広がっていった。

「若いな」

「『鬼の舌』の持ち主らしいが、まことであろうか」

聞こえよがしの会話は、好奇心と疑惑に満ちている。上座には御簾がさげられており、左右に白井藩の重臣や、招かれた大名家の用人、留守居役といった面々が列座していた。関わりを知られたくないのか、薩摩藩からはだれも来ていない。

出羽守俊民も御簾の向こうにいるはずだが、はたして、本物かどうか。

――それを確かめるための大勝負よ。

隼之助は三日前、大御所家斉にこう願い出た。

「出羽守様の見舞いと称して、庖丁儀式を執り行いたく思います。大御所様より、その旨、お伝えいただけぬかと思い、まかりこしました」

出羽守俊民は、病届けを出して、表向き療養中となっている。しかし、事実はどうなのか。押込されているのか、敵に取りこまれてしまったのか、あるいは、すでに命を落としているのか。

命を懸けた嘆願を、家斉はあっさりと許した。

「よきにはからえ」

大御所からの見舞いとなれば、白井藩の重臣も無視できない。ありがたき幸せと応じるしかなく、本日の対面と相成ったのである。

廊下には、殿岡雪也と溝口将右衛門が、しかつめらしい顔で控えていた。隼之助と同じように、堅苦しい裃姿である。美形の雪也は違和感なく似合っていたが、髭を剃り落とした将右衛門は、いささか間のぬけた顔に見えなくもない。

そして、二人のさらに向こう側、大広間の前庭には、才蔵をはじめとする数人の配下も座している。月が変わって五月になっていたが、いかにも夏らしい青空が見えていた。

――波留殿。

ともすれば、愛(いと)しい女(ひと)でいっぱいになる心を、無理やり引き戻した。今は役目を遂行するのみ、終えた後、決断すればいいと、これまた肚をくくっている。

「それがしが用いる庖丁の流派は、四條司(しじょうつかさ)家でございます。素材は、三鳥、五魚と申しまして、鶴、雁(かり)、雉(きじ)の三鳥、魚は鯉(こい)、鯛(たい)、真魚鰹(まながつお)、鱸(すずき)、鮒(ふな)の五魚となっております」

話しているうちに、大広間に続く座敷から、雅(みやび)な楽の音がひびき始めた。間を仕切っていた襖(ふすま)が静かに開けられる。

金の屏風(びょうぶ)を背にして、笛や篳篥(ひちりき)、尺八の奏者が三人、座していた。その隣に白装束姿の付き添い役が二人、連なっている。五人の前に家斉お抱えの庖丁人が、俎板(まないた)を前にして深々と辞儀をした。

「家斉様の御料理人じゃ」

小声で告げたのは、さる小藩の用人だった。参列者がこの屋敷に到着したとき、駕籠(かご)の家紋から、なんという大名家か、さらにどんな役職に就く重臣なのかを確かめている。隼之助は各人の顔も頭に刻みこんでいた。

「あらためて申すまでもなきことですが、鯉は魚の中でも、もっとも上位に据えられております魚。またその大きさにかかわらず、中心に三十六枚の鱗があるところから、四條司家では、三十六通りの鯉の切り方を創り出しました」

隼之助は油断なく、御簾の向こうの気配に意識を向けていた。白井藩の殿持を務めていた〈加納屋〉によると、俊民は前藩主同様、幻の酒と言われる唐の酒、『満殿香酒』を愛飲しているはずだ。

──なれど、独特の強い薫りはせぬ。

それがわかっただけでも、乗りこんできた甲斐があるというもの。御簾の向こうにおわすのは、おそらく俊民の替え玉に違いない。

──本物の出羽守様は何処に。

探せ、と、前庭に控えていた才蔵に、取り決めていた合図を送る。庖丁儀式に人手を取られれば、いやでも警護が手薄になるだろう。また配下の女に見張り役を籠絡させるよう、ひそかに命じている。

〝大御所様からのお心配りでございます〟

などと言いながら、女たちが見張り役に酒を振る舞う段取りをつけていた。なんと言っても大御所の力は強い。鼻の下をのばして、見張り役の男たちは守りをゆるめるに違いなかった。

「さて、庖丁儀式には、龍門の鯉、出陣の鯉、梅見の鯉などがございますが、本日は、出羽守様のご恢復を祝いまして、長命の鯉をご披露させていただきます」

恢復祝いは、勝手に考えたことだが、特に異論はあがらない。続き部屋に控えている料理人が、付き添い役の手を借りて、袖などをたくしあげ始める。楽の音は止まることなく続いていた。

「支度が調います間、余興をご覧にいれたく存じます」

隼之助の言葉を受けて、雪也と将右衛門が動いた。あらかじめ用意しておいた膳を運んで来る。雪也の膳には、極端に底がすぼまった逆三角形の杯、将右衛門の膳には、高さ七寸（約二十一センチ）ほどの陶製の徳利が置かれていた。

恭しく礼をして、隼之助は、まず逆三角形の杯を取った。

「これは可杯でございます」

畳の上に立てようとするが、杯の底が尖っているため、立てられない。

「縁起でもない」

「白井藩が倒れるように見えるではないか」

重臣から不満の声があがる。

「漢文において『可』の字は、『可何々すべし』と申しますように、可という字は下にはつけない字でござります。それゆえ、下に置けない杯を可杯と呼び慣わす由。五常に篤いご家臣より、異論があがりましたのは当然のことと存じます。それがし、ここで出羽守様のご恢復を祝う真言を唱えたく存じます」

臨、兵、闘、者と、もっともらしく九字の印を切る。隼之助は鋭い気合いとともに、可杯を畳に置いた。

「おお！」

「立ったぞ」

重臣や諸藩の名代たちが、感嘆の声をあげた。思わず腰を浮かせた者もいる。なんのことはない、昨夜、配下に命じて、大広間として使われる座敷の畳の何か所かに、小さな穴を開けておいたのである。お庭番でもわからないほどの窪みだが、隼之助にはよく見えた。

「可杯も出羽守様のご恢復を喜んでおりまする」

にこやかに告げて、「あれを」と将右衛門を呼んだ。

「は」

大男はしかつめらしい顔で答えると、いったん廊下の方に退いた。大甕を抱えあげて戻って来る。将右衛門なればこそ持ちあげられる大甕には、注ぎ口が取りつけられていた。

「これは三斗、入る大甕にござります。今からこの小さな徳利に酒を注ぎますが、さて、どう考えましても入るようには見えますまい。なれど、これは世にも珍しい猩(しょう)猩瓶(じょうびん)。一見したところ、なんの変哲もない徳利でござりますが、三斗までならば蟒蛇(うわばみ)のごとく呑みこむという代物(しろもの)にござります」

なにやら見世物小屋のようになってきた。が、居並ぶ家臣たちは興味津々(しんしん)、身を乗り出している。中には膝(ひざ)でずりながら、少し近づいて来た者もいた。

「ご覧あれ」

隼之助の声で、将右衛門が大甕から徳利に注ぎ入れる。どくっ、どくっと音をたてて、猩猩瓶は酒を呑みこんでいった。

「さあ、大甕の中は空になりましてござります」

ふたたび声を受けて、将右衛門は空になった大甕を、逆さにして見せる。ぽたぽたと酒が垂れたものの、入っていた酒は小さな徳利の中に消え失(う)せていた。

「まことか」

「いやはや、夢を見ているようじゃ」

「仕掛けがあるに相違ない。床下に甕でも隠しておるのじゃ」

疑り深いひとりに、隼之助は笑みを返した。

「仕掛けなど、ございませぬ」

猩猩瓶を持ちあげて、畳に立つ可杯に注ぎ入れる。二度目の感嘆は、歓声に変わっていた。すごいではないか、手に入れたいものよ、耳にしたことはあるが本当に猩猩瓶があるとはの。

目を瞠（みは）るお歴々に、猩猩瓶を持った雪也が、酌をしてまわる。まだ本膳には進んでいないが、酒肴（しゅこう）の膳だけは用意されていた。

「うーむ、正真正銘の酒じゃ」

先程、疑惑の言葉を発した用人が、唸（うな）るように呟（つぶや）いた。あたりまえではないか。酒に仕掛けなどあるわけがない。

——仕掛けは、可杯と同じよ。いい読みだったな。

畳に穴を開けておく仕掛けは同じだが、猩猩瓶の場合、開けておいた穴は一か所のみ、むろん猩猩瓶の底にも穴を開けてある。床下に潜む配下が、瓶の穴に管（くだ）を繋（つな）ぎ、置いてある甕に酒を移すという仕組みだ。隼之助が少し瓶を動かした時点で、底の穴を塞（ふさ）げば、酒は洩れ出さない。

もっとも猩猩瓶用の穴は、可杯よりも大きいため、隼之助は袴(はかま)で隠さなければならなかったが……簡単なからくり仕掛けに、見舞い客たちは興奮していた。

「不思議な瓶じゃのう」

「中に猩猩が棲(す)んでいるのやもしれぬ」

「見世物小屋でも流行(はや)るであろうな」

異口同音の驚きを、隼之助は穏やかに遮る。

「おそれながら、出羽守様に申しあげます」

「なんじゃ」

御取合役の用人が応じた。

「出羽守様におかれましては、唐(から)より買い求めた幻の酒、『満殿香酒』を愛飲しておられるとか。まことでござりましょうか」

「うむ。前殿(さきのとの)がお飲みあそばされておられましたゆえ、殿もそれに倣(なら)って、お飲みあそばされるようになり申した」

これも用人が、即座に答える。お伺いをたてないあたりにも、御簾の主の正体が表れているように思えた。が、むろん表には出さない。

「これは最近、耳にした話でござりまするが、『満殿香酒』には、男酒と女酒があるようでございまして」

「ほう、二種類あるのか」

用人が強い興味を示したのを感じた。隼之助は謀を秘めた作り話を続ける。

「は。彼の酒は両方を飲むことによって、効果を発揮する由。男酒だけ、あるいは女酒だけでは、効き目がないばかりでなく、命を落としかねぬと……」

「な、なに？」

驚天動地、まさに用人は目を剝いた。してやったりの笑みを懸命に抑える。口を開いたり閉じたりしているのは、うまい言葉が見つからないからだろう。用人がごくりと唾を飲んだとき、

「用意が調いましてござります」

料理人が声を張りあげた。

「これより長命の鯉を、出羽守様に献上いたしたく思います」

素手に庖丁刀と真魚箸を持ち、俎板に置かれた鯉を庖丁と箸で挟んだ。素材には決して素手でふれてはならない決まりとなっている。庖丁人は、右手に庖丁、左手に真魚箸を握りしめ、まず日月の型を取った。

天地の陰陽を表す型である。

――そろそろ引け時か。

才蔵が戻ったのを見て、隼之助は、膝で廊下までさがり始めた。雪也と将右衛門も右に倣(なら)えとばかりに続いた。むろん可杯と猩猩瓶、大甕といった小道具は忘れない。立ち去る間際、隼之助は猩猩瓶用に開けた畳の穴に、大鋸屑(おがくず)を詰めこんだ。細い管一本分の穴ゆえ、ほとんど目立たなくなる。

もとより客人たちは庖丁人の美しい仕草に目を奪われている。それでも慎重に配下たちが待つ中庭に降りた。隼之助たちの動きや、畳の穴に気を向ける者はいない。

「出羽守様につきましては、やはり、本所猿江(さるえ)町の下屋敷が怪しいのではないかと」

才蔵が囁(ささや)いた。

「確かに、な。前藩主が始めた満殿香酒を、現在の藩主、出羽守俊民様も実践しておられるご様子。香材の強い薫りが、いたるところに満ちている屋敷ゆえ、おれの鼻をもってしても居所を探るのはむずかしくなる」

「引き続き、探させます」

「頼む」

「お頭(かしら)」

良助がちょうど戻って来た。

「罠の用意が調いました」

「来たか？」

「はい」

「よし、行くぞ」

目の端に、木陰に佇む香坂伊三郎が映る。三郷を失ったばかりであるのを慮って、しばらく大御所の警護に付くよう話をしたのだが……ここにいるのはその気持ちはないということなのだろう。

隼之助部隊は、総勢十二人。

裃を脱ぎ捨てて、しのびやかに大広間から離れた。

二

西の蔵の周辺は、飲めや、歌えやの大騒ぎになっている。

「酒だ、酒、酒」

「どうせなら脱げ」

「そうじゃ。脱いで踊れ」

見張りを務めていた中間は全部で八人。艶やかな小袖をまとった配下の女たちは、酌をする者、扇子を片手に舞う者、三味線を爪弾く者と、歓心を買うのに余念がない。敵に連絡が届いているのはあきらか。

「二十人はいると思います」

良助は言った。隼之助たちは木陰にひそみ、蔵の前の様子を窺っている。罠の宴とも言うべき宴を、見つめているのは自分たちだけではない。二十人ほどの敵に包囲されているのは承知のうえだった。隼之助たちが来るのを待っていたに違いない。

じりじりと包囲網を縮めてくる。

「女たちを逃がせ」

命じると同時に、隼之助は飛び出していた。雪也と将右衛門、そして、伊三郎の三人は、隼之助を背にして守りの陣形を取る。包囲網を縮めた敵にそなえているのは言うまでもない。才蔵と良助たちは、中間に斬りつけながら、女たちを逃がしにかかる。

「来たぞ」

伊三郎が落ちていた匕首を、空に向かって投げた。飛翔したばかりの黒い影が、射落とされて、地面にどうっと斃れる。隼之助部隊さながらに、敵の忍び軍団も軽業まがいの体技を披露した。

人間が空から降って来る。

「早く行け」

隼之助は逃げ遅れた女を庇うように立った。伊三郎を真似たわけではないが、斃れた中間から匕首を奪って、素早く投じる。舞い降りようとしたひとりの胸を、見事に空中でつらぬいた。

決して敵の動きが遅いわけではない。隼之助や伊三郎の方が、速いだけの話だった。それでも何人かが眼前に降り立つ。

「来い」

煽るように、懐から龍の短刀を出した。

「おれは木藤隼之助。鬼役のあらたな頭だ」

名乗るまでもなかったかもしれない。敵の忍び軍団は、狙いを隼之助ひとりに定めている。二人が左右から斬りつけて来た。

さがれ。

と、伊三郎が目顔で言った。阿吽の呼吸で隼之助は少しだけさがる。二人の敵との間に、伊三郎は割りこむようにしながら、二度、居合いを用いた。一滴三度。

軒下から雫が一滴、垂れる間に、三度、抜き放つという神業である。若い二人の忍びは腸を迸らせて、その場にくずれ落ちる。

「隼之助」

今度は雪也が動いた。隼之助の背後に迫った忍びに、後ろから真っ向斬りを叩きつける。将右衛門も負けじと、ひとりに袈裟斬りをお見舞いする。周囲では忍び同士が、熾烈な戦いを繰り広げていた。

「今のうちに」

才蔵が案内役となって、蔵の入り口に進んだ。隼之助は鼻に意識を集めたが、香材の匂いはいっさい感じられない。用人の驚き方から見ても出羽守俊民が、『満殿香酒』を飲んでいたのは確かだろうが、はたして、俊民はいるのだろうか。それとも蔵にはなにか他の品物が収められているのか。あるいは敵も罠を張っているのか。

「お頭っ」

良助の警告とともに矢が飛来する。敵方の二人が弓を構えていた。当然のことながら得意なのだろう、速射の腕前はなかなかだった。隼之助たちはいったん蔵の前から離れる。木を盾にして反撃の隙を窺おうとしたが、

「おれが跳ぶ」

隼之助は告げた。その言葉を聞き、才蔵と良助が両腕を組んで屈みこむ。軽く二人の腕に飛び乗ったとたん、隼之助の身体は空高く舞いあがっていた。くるくると回転しながら、弓矢の射手の背後に降りる。宙で射止めようとしたのだろうが、まばたきする間の出来事だったのか、

「うわっ」

射手は慌てふためいた。

「後ろに」

二人の射手が振り向いたとき、二つの命が消えた。隼之助の背後に迫ったあらたな敵は、すでに動きを察していた伊三郎が斬り捨てる。

「隼之助様」

ふたたび才蔵が蔵の前に走った。錠前の鍵を探しているのだろう、斃れている中間の懐を探り始める。良助も加わって、死人の懐を探った。

「ありました」

目端の利く配下は、探り当てるのも早い。ほとんどの敵は片づけていたが、あらて が来ないとも限らない。盟友たちの守りを受けて、隼之助は蔵の前に戻る。良助がすでに錠を開けていた。

「わたしが」

名乗りをあげた才蔵に首を振る。

「ならぬ」

隼之助は慎重に足を踏み入れた。後ろに才蔵と良助が続いた。雪也、将右衛門、伊三郎の三人は、蔵の入り口に残って、目を光らせている。

薄暗い蔵の中には、数多くの米袋が積みあげられていた。一見したところ、米にしか見えないが、隼之助は異なる匂いをとらえていた。

「米でしょうか」

と、才蔵が訊いた。

「いや。良助、開けてみろ」

命じられて、良助がひとつの袋を開けた。独特の薫りが立ちのぼる。初めて見るものだったのかもしれない。

「これはなんですか」

「黒くて、小さな豆のようですが」

才蔵と良助は、怪訝な表情をしていた。

「胡椒だ」

隼之助は答える。

「なるほど。そういうことか。胡椒を大量に仕入れた裏には、危険な企みが隠れている。はてさて、出羽守様は、自ら動かれたのか、脅されて買い付け役となったのか」

ひとりごちたが、二人は顔を見合わせるばかり。流石(さすが)の才蔵も、胡椒の裏に隠れた企みを読み取ることはできなかった。

「お頭様」

入り口で不意に、若い娘の声がひびいた。

「本所猿江町の下屋敷から、連絡(つなぎ)が参りました。出羽守様と思しきお方が、座敷牢におられたそうです」

「なにゆえ、そなたはまだここにいる」

鋭く問いかけた。

「女は逃げろと言うたはずだ。命に背く者は、二度と使わぬ。早く……」

「逃げませぬ、兄の仇(あだ)を討ちたいのです。わたしも三郷さんのように、お頭様のお役にたちたいのです」

娘は叫ぶように言った。

「吉五郎の妹の千秋(ちあき)です」

才蔵がさりげなく、とりなした。

「わたしが残るよう命じました、怪我をした者の手当てができると思いまして。勝手な真似をいたしました。お許しください」

隼之助は、ふんと鼻を鳴らしそうになって、慌てた。まるで多聞ではないか。波留のことを考えまいとするあまり、二つに分かれた心。ひとつには波留が棲み、ひとつは空だった。そこに多聞そっくりの己が生まれかけていた。

「出羽守様を評定所にお連れしろ。真意を確かめねばならぬ。胡椒を大量に仕入れた真意やいかに」

「隼之助」

雪也に呼ばれて、蔵から出る。敵の亡骸が斃れた戦場のような場所に、出羽守俊民の用人が平伏していた。先程、御取合役を務めた重臣である。

「鬼役の木藤様に申しあげたき儀がございます。我が殿——出羽守俊民が、お目通りを願い出ております」

男酒と女酒の作り話が効いたようだ。用人は「早く殿にもうひとつの酒を飲ませなければ」と、内心、さぞ焦っていることだろう。

「案内をお願いいたしまする」

隼之助の言葉が、白井藩の騒動の終わりを告げる。

生き残った敵の刺客(しかく)は、すでに姿を消していた。

三

大量の胡椒を買い付けた裏に隠された謀(はかりごと)。

日本ではほとんど肉食を行っていないため、胡椒はわずかに漢方薬として、用いられるにすぎなかった。外国(とつくに)の者たちが珍重(ちんちょう)することから、必須の品ではないのに、高価な値で引き取らざるをえなくなる。

なぜ、それほどまでして、胡椒を高値で引き取るのか？

本当にほしい品物を手に入れるため、取り引きを有利に運ぶために、相手の言い値で買い付けるのだ。

その本当にほしい品物とは——。

鉄砲である。

白井藩は、鉄砲と弾薬を手に入れるため、大量の胡椒を買い入れていたのだった。

隼之助は本所猿江町の下屋敷で、本物の出羽守俊民と対面をはたした。

「鬼役を欺きましたこと、お許しいただきたく存じます」

座敷牢の中で俊民は平伏している。対面が叶うとなったときに、急ぎ多聞と大目付を呼びにやらせている。俊民からは見えない位置に、二人が控えていた。白井藩の用人や留守居役といった重臣は、ひとりも列座していない。

「それがしが、森川出羽守俊民にござります。白井藩と同じように、鬼役も代替わりなされた由。あらたな鬼役にお就きあそばされました木藤隼之助様には、お祝い申しあげます次第にござります」

と、口上を述べる間も、素晴らしい芳香が俊民の口からあふれ出している。感覚の鋭い隼之助には、いささか苦行に思えるほどの薫りだった。鼻に意識を向けると、目眩を覚えそうになる。

「面をあげられよ」

命じると、

「は」

俊民はおもむろに顔をあげた。なよやかな顔立ちは、母親似なのか。線が細い印象を受ける。年は二十二、隼之助と同い年だった。

間違いない。

素早く顔を確かめた多聞が、頷(うなず)き返して、もとの位置に戻る。

「なにゆえ、座敷牢におられるのか。まずはそれをお訊(たず)ねいたしたく思います」

隼之助は詮議(せんぎ)を開始した。顔を曝(さら)したうえ、こういう形で質疑応答をするのは初めて。正しい答えを引き出そうと、忙しく考えている。

「自ら謹慎(きんしん)いたしました次第」

俊民の答えに、すぐさま問い返した。

「では、押込ではないと仰せになられまするか」

「は。白井藩におきましては、尋常ならざる事態が出来(しゅったい)したため、御城への出仕を控えた次第でござる。遠慮申しあげました次第」

「尋常ならざる事態とは？」

わかっていたが、敢(あ)えて口にする。

「それは」

ちらりと目をあげた。用人や留守居役がいれば、問いかけの眼差しを投げたは必至。

隼之助は真実を吐露しやすい状況を作る。

「胡椒の買い付けでござるか」

あくまでも表向きは『胡椒』でいいと告げた。曖昧(あいまい)な表現や結論を、武家は非常に好むもの。俊民とて例外ではない。

「お頭様におかれましては、すでにお気づきでございますか」

目に光が動いた。切腹を覚悟しているだろうが、白井藩だけは残したいと思っているに違いない。動いた光は、かすかな希望のように見えた。

「いかにも承知しており申す。われらが知りたいのは、胡椒を買い付けたのは白井藩の考えによるものなのか、あるいはだれかに命じられたのか、ということにござる」

「白井藩の考えではござらぬ」

きっぱりと答えた。事前に重臣と打ち合わせていたのだろう。問題はこの先だ。さて、どうやれば首謀者の名を引き出せるか。

――死を覚悟している者には、無意味な提案やもしれぬが。

どの程度、覚悟を決めているかによって、結果は違ってくる。隼之助は試しに、揺さぶりをかけてみることにした。

「話がちと逸れまするが、出羽守様は『体身香』を行っておられる由。飲んでおられた『満殿香酒』は、男酒でござるか、女酒でござるか」

この話も用人が伝えているはずだ。隼之助部隊が西の蔵付近で死闘を繰り広げている間、白井藩の主従も藩の明日について、密議を執り行っていたのは間違いない。だれが腹を切るか、俊民の身代わりを申し出た忠臣はいたのか。

生への執着によって、答えは違うものになる。

「わかりませぬ」

俊民は率直に答えた。

「それがし、『満殿香酒』に、男酒と女酒があるなど、用人に話を聞くまで存じませなんだ。お頭様におかれましては、両方の酒をお持ちでござりまするか」

かかった。

と、隼之助は思った。密議によって、忠臣が身代わり役を名乗り出たのだろう。俊民は生への執着心を見せている。あとはこれをうまく使って、背後の黒幕を炙り出せばいい。

「手元にはござりませぬが、手に入れるのはむずかしくありませぬ」

嘘八百がすらすら出ることに、自分自身、驚いていた。二つに分かれた心——波留の心と多聞の心。後者に合わせるだけで、なんの苦もなく偽りが口をついて出る。

「ありがたい」

俊民は本音を吐いた。

「是非、手に入れていただきたく存じます。それがしが飲んでおります『満殿香酒』

は、あとでお届けいたしますゆえ、男酒か、女酒か確かめていただきたく思います。なにとぞ、よしなにお願いいたします次第」

ふたたび平伏する。「よしなに」というからには、こちらも見返りを求めていいのではあるまいか。

「真実を知りたく存じます」

一歩、踏みこんだ。

「胡椒の買い付けでござる。先程、出羽守様は、白井藩の考えではないとお答えなされました。つまり、だれかに命じられて買い付けた、という意味でござりまするか」

微妙な間が空いた。黒幕の名だけは出すまいと決めているのか。忠臣を犠牲にして、白井藩の安泰をはかるつもりなのか、いや、安泰が得られると信じているのか。俊民は俯いたまま、目を合わせない。

重苦しい沈黙を、隼之助は敢えて受ける。多聞の心に合わせているお陰だろうか。冷静に事の次第を見守っている己がいた。

――黒幕の名を引き出せれば重畳、無理な場合でも策はある。

早くも大御所に言上する内容を考えていた。

「いかにも命じられ申した」

俊民は、ようやく答えた。

「されど、だれであるかは明かせませぬ。それだけはお許しいただきたく存じます」

三度目の平伏で許しを乞うた。

「特別な『胡椒』は、今、白井藩の蔵にあるのでござるか」

鉄砲と弾薬は持っているのか。すでに敵の手にわたっているのか。重要な問いかけを発した。

「白井藩の蔵には、ござりませぬ」

即答する。

「では、特別な『胡椒』が移された先は、芝でござろうか」

芝は薩摩藩の屋敷がある場所だ。流れを見れば、だれを指しているのかは訊くまでもない。ぴくりと俊民の頰が動いた。

「………」

沈黙で応える。

充分だった。薩摩藩が黒幕であるのは、まず間違いない。前藩主に一服、盛られて脅しをかけられたか。あるいはなにか弱みを握られているのか。いずれにしても、背後の敵が見えた。

「これにて詮議は終了いたしまする。森川出羽守においては、沙汰があるまで謹慎を命ずる。宜しいか」

「ははっ」

恭しく答えたそれが終了の合図。俊民が最後まで薩摩藩の名を出さなかった点は、侍として評価できる。また忠臣に責任を押しつけなかった点にも好感が持てた。とはいえ隼之助の私心で刑が決まるわけではない。

――買い付け役を引き受けたのは、黒幕に弱みを握られているからやもしれぬ。

白井藩の明日は、明るいものではないかもしれなかった。弱みを握られている限り、従わなければならないだろう。いっさい口にしなかった部分にこそ、真実が隠れている。

「ようやった」

多聞が肩を叩いた。

「先程の話は、まことか」

男酒と女酒のことだろう、隼之助は畏まる。

「は。信じる者にとっては」

「なるほど。いずれにしても、重畳よ」

労い(ねぎらい)が、どこか遠くでひびいていた。以前は涙が出るほど嬉しかったものを、波留のいない今、凍りつくような風が吹くばかり。次の策を打つために、隼之助は御城に足を向けた。

四

翌日。

御城の西の丸では、家斉が亭主となって、茶の湯が開かれようとしていた。急なお召しではあったが、相手は大御所。断ることはできない。西の丸の黒書院には、ひとり、二人と大名が集まり始めている。

「本日は、『淋汗(りんかん)茶の湯』と承り申したが、まことであろうか」

「そうであるならば、まずは風呂に案内されましょうな」

「わしは初めてじゃ。いささか、くだけすぎのような気がしなくもない」

見知った者同士とあって、口調も親しげなものになっていた。『淋汗茶の湯』とは、風呂を伴った茶寄合のことだが、だれひとりとして、湯殿には案内されていない。顔ぶれが揃い(そろい)、最後に島津薩摩守斉興(さつまのかみなりおき)が姿を見せた。数えで四十九歳の藩主は、集まっている者たちを見まわした。

「これは」

ひとりが遅ればせながら気づいた。

お召しを受けたのは、連判状の顔ぶれであることに。

幕府に叛意を持つ者が記したとされる連判状。隼之助は、記された大名たちを呼び出すよう、家斉に言上したのだった。

「召し出すだけでよいのか」

昨夜、家斉は訊いた。

「御意」

隼之助は畏まって、さらにもうひとつ、言上した。家斉はおもしろがっていたが、提案を実行するかどうか。

黒書院は静まり返っていた。

居心地はよくないだろう、連判状に名を記した者だけが、召し出されているのだ。生きた心地がしないかもしれない。中には、昨日、白井藩の屋敷で会った者もいた。

全員が例外なく青ざめていた。

薩摩守斉興の引き結ばれた唇に、今の心情が浮かびあがっている。急なお召しが奏功していた。連絡を取り合う暇がなかったに違いない。血で血を洗う戦いなど必要なかった。

——戦わずして、勝ちを得る。

心の中で呟いた。隼之助も、ひとつ、疑問が解けていた。どうやら連判状は、本当に存在し、それは家斉のもとにあるらしい。今回の提案を実行した意味は、考えるよりずっと大きいのではないだろうか。多くの恩恵をもたらすように思えた。

——少なくとも死んだ者や、あとに残された者の慰めにはなる。

連判状騒動の際、敵方にも犠牲者が出たが、お庭番も相当な犠牲を払っている。連判状が贋物ではないとわかって、隼之助は多少、罪悪感がやわらいだ。これで贋物だったとなったときには、喪われた命は報われない。

「おなりでござる」

西の丸の老中であり、御取合役でもある宗発が告げた。隼之助は宗発の隣に座るという栄誉に与っている。今日は上座に御簾は降ろされていない。連判状の面々は、平伏して出迎える。中には小刻みに身体を震わせている者もいた。

即座に切腹、そして、御家断絶。

最悪の結果しか浮かばないだろうが、謀叛派のお歴々が、顔を突き合わせたことにこそ、意味がある。大御所のご威光を再認識させるための、もっともよい場が調っていた。

「みなの者、大儀」

家斉が口火を切る。斜め後ろに座した小姓が、膝に桐箱を抱えていた。あれこそが今日の武器、家斉は隼之助の提案を実行しようとしていた。

「本日は『淋汗茶の湯』を執り行わせてもろうた。なに、まことの茶会ではない。裸の付き合いをしようではないか、という意味じゃ。茶の湯は日を改めて、催すことにする。直答を許すゆえ、忌憚なき意見を聞かせてほしいものよ」

裏切り者たちを睨めつけるように、ゆっくりと見まわした。だれも、なにも言葉を発しない。家斉から次にどんな言葉が出るか、紙のように白い顔で待っている。

「集まってもろうたのは他でもない。新しい鬼役が決まったのじゃ。木藤隼之助」

「は」

隼之助は応えて、続けた。

「鬼役を拝命いたしました木藤隼之助にござります。大御所様をお守りするため、身命を賭してお仕えいたしまする。宜しくお願い申しあげます次第」

紹介されるこれは、昨夜の話では出ていない。が、流れを見て対応しろと、多聞に

言われている。あたりさわりなく応じたが、

「『鬼の舌』よ」

不意に家斉は石を投じた。

いっせいに全員の目が向いた。

「聞き及んでおろうがの。『鬼の舌』を得た者は、永遠の安寧を得る。と言われておる。隼之助が継いでくれたお陰で、徳川家は安泰じゃ。目出度いことよのう」

家斉の弾んだ声とは裏腹に、沈黙はますます深まっていた。刺すような眼差しを、隼之助は平然と受け止める。

そもそも『鬼の舌』とはなんなのか。並み外れた舌を持っていることなのか、はたまた諸藩や旗本を威嚇するための存在なのか、あるいは三種の神器のようなものがどこかに隠されているのか。確かなことはわからない。

しかし、居並ぶ大名たちの目には、畏怖の念が湧いていた。

「おそれながら」

声をあげたのは、薩摩守斉興だった。

「申してみよ」

家斉は、にこやかに応じる。好々爺の顔をしていた。

「は。われら大名家の監視役は大目付様、御旗本の監視役は御目付様と定められておりまする。なれど、近頃は鬼役がいたるところに出張ってきていると耳にいたし申した。定めに従わぬのは、後々の乱れに繋がりまする。いかがなものかと思うております次第」

先刻までの不機嫌な様子は、うまく封じこめている。いざとなれば貫禄と経験で大御所を煙にまこうとしているのかもしれない。心を押し隠していた。

「鬼役は、余が直接、差配しておるのじゃ。大目付や目付の指図は受けぬ。かような疑念が降り積もっていると思うたゆえ、集まってもろうた次第よ」

もう一度、見まわした後、斉興に視線を戻した。

「いかがじゃ、薩摩守。得心いたしたか」

「は」

斉興は引くしかなかった。心底では「あと数年の我慢よ」と考えているかもしれない。大御所は見た目が若いため、つい年を忘れてしまうが、古稀まであと二年のところにきている。政に口出しできるのもあとわずかであろう。

だからこそ、なのだろうか。

なんにつけても異常な執着心を見せるようになっていた。

「あれを」

と、家斉は小姓に命じた。小姓は立ちあがって、恭しく膝に抱えていた桐箱を運んで来る。家斉は隼之助を目で呼んだ。

「薩摩守に」

「は」

隼之助は、上座の端に進み出ていた小姓から、桐箱を受け取る。それを薩摩守のもとに運んだ。

「銘はないが、姿(なり)のよい天目茶碗(てんもくぢゃわん)が手に入ったのでな。薩摩守にと思うたのじゃ」

家斉の言葉を聞き、座は今まで以上の静寂に包まれた。

将軍から武人に茶器を下賜(かし)するのは、隠居せよという、謎かけだとされている。家斉は将軍ではないものの、授けることにはそれ相応の意味があった。また薩摩藩の中でも、斉興と嫡男(ちゃくなん)――斉彬(なりあきら)の間で冷ややかな争いが起きているのは周知の事実。御家騒動を助長するような下賜であるのは間違いない。

「大御所様より下さるるは、このうえなき幸せ。恐悦至極に存じまする」

斉興は受け取りつつ、隼之助に冷ややかな目を走らせた。きさまの仕業だな、憶(おぼ)えておこう、その小賢(こざか)しい面(つら)を。

激しい怒りを向けていた。

——慎(つつし)んでお受けいたしまする。

隼之助は、心で答えた。流れが早くなれば、結果も早く出る。家斉もそうだが、斉興も在位が長すぎると、隼之助は思っていた。

流れが留まると、水は淀(よど)み、見通しが悪くなる。

どうせなら大掃除といきたかった。

たとえ鬼役がなくなろうとも、その方がいいに違いない。己の直感が導くままに、ここから先は動こうと決めた。

——命は惜しくない。

波留と所帯を持つ夢が砕けた今、しばらくは多聞のふりをして、生きていくしかなかった。そのあとのことは考えていない、いや、考えつかなかった。ただ……他の者を巻き添えにする愚だけは、犯したくないと強く念じている。

——波留殿。

と一瞬、思い浮かべただけで情念があふれた。波留は無事か、生きているのか、どこにいる、逢いたい、逢って話がしたい。

「隼之助様」

才蔵に呼ばれて、はっとする。意識が跳んでいたのだろうか、すでに『連判状の茶会』に招かれた面々は、黒書院から消えていた。

「大御所様や薩摩守様は？」

間の抜けた問いかけだったろう、しかし、才蔵は真面目な顔で答えた。

「お帰りになりました」

「おれは、おかしくなかったか」

「ご立派でございました。大御所様も満足なされたようにございます。薩摩守様は最後まで、睨（にら）みつけておられましたが」

「そう、か」

座っていたのに、目眩を覚えた。多聞になりきって、どうにか役目をやり遂げたことが、途切れとぎれに甦（よみがえ）ってくる。波留の顔を思い浮かべた瞬間、なにもわからなくなっていた。

「水をお持ちいたしましょうか」

「いや、大丈夫だ」

「実は……花江様より文（ふみ）をお預かりして参りました」

「義母上（ははうえ）が」

才蔵が渡した文を急いで開いた。予感があった。波留のことを知らせる文なのではないだろうか。

文を開く手が、震えていた。

五

「弥一郎殿がお見えになりました」

花江の文は簡潔だった。

「波留様の居所をつかんだと言うておられます。場所は飛鳥山(あすかやま)の北、音無(おとなし)川に架かる大橋近くの廃寺だそうです」

矢も楯もたまらず、飛び出したのは当然である。ひとりで行くつもりだったが、雪也と将右衛門、さらに伊三郎までもが同道を申し出た。むろん才蔵を含む何人かの配下も、黙ってあとを付いて来た。

「ここか?」

雪也が壊れた石塀の向こうを目で指した。三日月の淡い光が、朽ち果てた荒寺の不気味さを浮かびあがらせている。音無川に架かる大橋近くの王子村だった。周囲に広がるのは田圃(たんぼ)や畑ばかりで、人家はほとんど見あたらない。

音無川のせせらぎだけが、背後でかすかにひびいていた。

「隼之助はここで待て。わしと雪也で様子を見て来る」

将右衛門の申し出を、隼之助は止める。

「待て」

ほとんど同時に、伊三郎が呟いた。

「血の臭いだ」

風向きが変わったからかもしれない。突然、強い血の臭気が流れてきた。壊れた石塀を乗り越えて、隼之助は廃寺に足を踏み入れる。三人の友も後ろに続き、才蔵たちは扇形に陣形を張った。

「波留殿」

呼びかけずにいられない。中に人の気配が在(あ)る。殺気を放っていたが、逃げるわけにはいかなかった。

「おれだ、隼之助だ」

観音扉を開けたとたん、浪人ふうの男たちが躍りかかって来た。隼之助が右にかわすと、後ろにいた伊三郎が抜き打ちに斬り捨てた。雪也と将右衛門も、それぞれ袈裟斬りで二人を始末する。

不利だと思ったのだろう、残っていた数人が、寺の外に飛び出して来た。

「六人か」

隼之助は慎重に距離を保っている。始末した三人同様、浪人ふうの男たちだが、浪人に見せかけていることも考えられた。

「気をつけろ」

伊三郎が言った。

「右端の二人は、野太刀示現流の残党だ。うまく紛れこんだつもりらしいが」

推測に誤りがないことを告げた。おれにまかせろ、とばかりに、じりっと伊三郎が進み出る。隼之助は無駄と思いながらも問いかけていた。

「念のために訊ねたい。水嶋波留殿の行方を知らぬか」

答えは刃によって返された。示現流のひとりが放った居合いを、隼之助はさがって、かわした。もうひとりは、伊三郎が食い止める。示現流の残党を隼之助と伊三郎、四人の浪人ふう侍を雪也と将右衛門という形になっていた。

──波留殿はここにいたのか。それとも罠か。

避けながら、鼻に意識を集めていた。波留が用いる蓮花の練香は、いっかな感じられない。寺の中から漂って来るのは、凄惨な血の臭気のみ、残り香さえもとらえられなかった。

「罠か」

そうとなれば、遠慮する必要はない。

「捕らえろ」

才蔵たちに命じた。扇形の陣形で見守っていた六人が、黒い影となって浪人ふうの侍に迫る。ひとりでも生かして捕らえられれば、命じた者の名を吐かせられるかもしれない。さらに波留の行方も、と、ありえない夢を思い描いている。

「三郷の仇を討つ」

伊三郎の言葉で我に返った。波留のことを考えると、まわりの状況が見えなくなる。伊三郎の隣に立ち、龍の短刀を抜いた。

「援護する」

邪魔にならぬよう動くのがいいと判断する。一度に二人は無理かもしれないが、ひとりずつなら討てるはず。隼之助の考えを、伊三郎は即座に察した。

「頼む」

刀を右蜻蛉に構えて、つつっと前に出る。右から斬りつけようとしたもうひとりを、隼之助が牽制（けんせい）した。が、敵もさるもの、伊三郎を襲うふりをして、隼之助に左蜻蛉を叩きつける。

「うっ」

右の首に熱い衝撃が走った。間一髪でさがったのだが、余韻のような一撃が右の首を切ったのである。

「隼之助」

「示現流など、おそるるに足りぬわ」

雪也と将右衛門が、素早く左右に付いた。伊三郎は一対一、こちらは三対一であるにもかかわらず、相手は怯（ひる）んでいない。構えを右蜻蛉に戻して、間合いを詰めて来る。

「さがってくれぬか」

隼之助は二人の友に告げた。下手（へた）に守られると、却（かえ）って危ないと感じた。それほどに凄（すさ）まじい威力を持っている。

盟友たちも察したに違いない、無言で二人はさがった。

「きえぇっ」

男が右蜻蛉を繰り出した。隼之助は右に避けたが、すぐさま左蜻蛉で打ちこんで来る。耳の横に腕を付ける独特な構えは、常人であれば構えを取るだけで時がかかる。

しかし、男は蜻蛉を自在に操っていた。続けざまに右蜻蛉を三回、それを左蜻蛉に変えて、隼之助を追いつめる。

背中に寺の石塀があたった瞬間、隼之助は真上に跳んでいた。後ろに回転しながら、石塀の外に降りる。がつっと鈍い音がした。一瞬のうちに消えていた隼之助を打ちそこなった刀が、石塀にあたっていた。

刃が欠けたかもしれない。

「ちっ」

舌打ちして、男はさがる。そこに盟友たちが、待ち受けていた。今までであれば、隼之助は止めただろう。いや、三対一で対峙することすらなかったはずだ。お庭番の頭になろうとも、心は武士。一対一で戦うように、心をくだいたに違いない。

が、今はとにかく波留の行方が知りたかった。

「殺すな」

と、身軽に石塀を飛び越える。卑怯だのなんだの言っていられない。盟友たちに斬りつけられても、男は平然と受けていた。左右から繰り出される刀を、巧みに弾き返している。闇に何度も激突音と火花が散った。まるで二人の動きがわかっているかのよう。あらかじめ稽古していたかのように動きを読んでいる。

「勝負だ」

隼之助は後ろから迫った。振り向きざま、男は刀を振り降ろした。盟友たちはがらあきになった男の背に刀を突き出した。

「ぐぅ」

隼之助に刀を振り降ろす寸前、男の胸と腹から刀の切っ先が飛び出した。雪也と将右衛門が刀を引き抜く。さしもの手練れも、地面に崩れ落ちた。浪人ふうの一群は、とうに才蔵たちが仕留めている。

残るは示現流のひとりだけになっていた。

伊三郎は居合いの構えのまま蹲踞している。対峙する男もまた居合いの姿勢を保っていた。互いに隙を狙っていたが見出せないのだろう。放っておけば何刻でも睨み合っていたかもしれない。

——逃がせ。

隼之助は心で告げた、声にも仕草にも表していない。それなのに伊三郎は、わざと隙を見せた。すかさず斬りつけた男も、逃げるしかないと思ったのはあきらか。斬りつけながら走った。

「尾行けろ」

今度は声に出して命じた。良助ともうひとりが、闇の中に消える。隼之助は雪也たちと、荒寺の中に入った。

「血だ」

屈みこんで確かめる。本堂の真ん中あたりに、おびただしい血が流れていた。ここにだれかがいて、斬られたのは確かだった。

「波留殿」

やはり、殺されたのだろうか。これは波留の血なのか。罠を張ったのは、弥一郎なのだろうか。弥一郎が波留を……。

「しっかりしろ」

雪也が腕を握りしめる。

「そうじゃ。だれの血かわからぬではないか」

将右衛門も隣に屈みこんだ。

「弥一郎殿は、どこにいる？」

虚ろな問いかけが出た。心が二つに分かれるどころではない、壊れてしまいそうだった。波留が死んだのであれば、せめて、亡骸だけでも確かめたい。この血の主がだれなのか、教えてほしかった。

「戻ろう」

雪也が促した。

「小石川の屋敷に、なにか連絡が来ているやもしれぬ。長居は無用ぞ」

「波留殿の血やもしれぬ。拭(ふ)いて、持ち帰る」

懐から出した手拭(てぬぐ)いを、将右衛門が押さえつけた。

「馬鹿な真似をするな」

常軌(じょうき)を逸(いっ)しているとわかっていた。それでも形見がほしかった。血の一滴でもいい、波留がこの世にいたという証(あかし)がほしかった。

「行こう」

雪也に腕を引かれるようにして、廃寺をあとにする。あの血だまりの中で一晩、過ごしたい。

望みはかなえられず、隼之助は、後ろ髪を引かれる思いで廃寺をあとにした。

六

抜け殻のようになっても、生きていかなければならない。

「優曇華餅はいかがですか。中に南瓜を入れてあります。甘くて、美味しい優曇華餅はいかがですか」

二日後の早朝。

隼之助は、馬喰町の旅籠〈船津屋〉にいた。波留が生きていたら、ここに来るのではないか。優曇華餅を考えたのは、波留であり、隼之助よりも〈だるまや〉のことを考えていた。「もしかしたら」という、淡い望みを抱きながらの手伝いになっていた。

「柏の葉で包みましたのは、縁起をかついでのことでございます。柏という木は、若葉が育つまで葉が落ちません。そのため『ゆずり葉』の異名を持っております。子孫代々の繁栄を願いますことから、この餅にも柏の葉を使いました」

「三つ、くれるかい」

「あたしは五つね」

行き交う人々が足を止めて買い求めた。柏餅とはまた違った味わいが、いいのかもしれない。

「ひとつ、四文です。まいどありがとうございます。またどうぞ」

隼之助は見世先で売る役目、女将の松代は、台所で作る役目に徹していた。向かいの旅籠の二階には、雪也と将右衛門ばかりでなく、伊三郎までもが陣取っている。早朝、一緒に来たのだが、三人は真っ直ぐ向かいの旅籠に入っていた。

「暇なら手伝え」

呼びかけたが、苦笑いを返された。

「行く先々に付いて来るのは、どういうわけだ。父上から見張り役を命じられたのやもしれぬが」

この二日間、だれかしら張りついていた。波留、波留、波留と、寝ても覚めても呼ぶのは愛しい女子の名ばかり。心配するのも無理からぬ話かもしれない。波留の心と多聞の心。二つに分かれた心が、いまや壊れる寸前だった。

──いっそ首を括るか。

そんな気配を察すればこその、見張り役なのかもしれなかった。

「すみませんねえ、壱太さん」

松代が見世先に出て来る。蒸しあがった優曇華餅を、番重に並べて持って来た。

「忙しいでしょうに、手伝っていただいて」

「大丈夫です。〈だるまや〉はさほど忙しくありませんから」

隼之助は番重を受け取って、餅に柏の葉を巻き始める。松代も右に倣えで柏の葉を巻いていった。

「柏の葉を用意していただいたので助かりました。優曇華餅の幟も作ろうと思っているんですよ。昨日、今日とかなり売れましたからね。一個四文ですけれど、馬鹿にできないもんだと、主人も驚いていました。塵も積もれば山となる。四文も積もれば宝になる、なんて笑っていましたよ」

依頼主の喜ぶ顔が、なによりの癒しだった。焼接屋が割れた瀬戸物を直すように、壊れかけた心が、松代の言葉で少しだけ楽になる。

〝助けたつもりが助けられていた、ということになるのかもしれませんね。〈だるまや〉の仕事には、人の優しさや労りが感じられます。わたくしはそれがとても好きなのです〟

波留の言葉が甦っている。本当にそうだと思った。

「泊まり客の方はどうですか」

さりげなく訊いた。

「ええ、お陰様でお客様が戻って来ました。去年の六月に騒ぎがありましたでしょう、気味悪がって駄目かと思ったんですけどね。案外、気になさらないんですよ」

と、肩越しに二階を指した。

「それどころか、親孝行な幽霊に会いたいなんて方もいましてね。あの座敷に泊まりたいと仰るんです。昨夜も泊まられたんですよ、しかも女の方です。わたしの方が吃驚してしまいました。肚が据わっているというか、なんというか」
「へえ、女の方ですか」
「武家の方は、やはり、心構えが違いますね。覚悟ができているんでしょう。そうそう、優曇華餅を三つほど、持って来てほしいと言われていたんですよ。忘れるところでした」

武家の女子と聞いて、もしやと思った。

——波留殿ではないのか。

拉致した男に陵辱されてしまい、家にも帰れず、ここに来たのではないか。橘町の裏店には、才蔵の家もあるため、気づかれると思い、足を向けられなかったのかもしれない。ひそかに隼之助が来るのを待っていたのではないか。

「つかぬことを伺いますが、そのお武家の方のご姓名は？」
「宿帳には、水嶋様とお書きになられていましたね」

やはり、波留だ。波留が来たのだ。

「女将さん。優曇華餅は、わたしが持って行きます。少しの間、ここをお願いして宜しいですか」

声が掠れてしまったが、平静を装った。向かいの旅籠に陣取っている三人にも気取られてはならない。多聞に知らされたら、引き離されるのは間違いなかった。

「え、ああ、いいですよ。それじゃ、壱太さんに持って行ってもらいましょう。お茶も一緒にお願いできますか」

「わかりました」

隼之助は、柏の葉で包んだ優曇華餅を三つ、取る。玄関から廊下にあがって、まずは台所に行った。板前を雇うほどの余裕がない見世では、主と番頭がなんでもこなしている。

「お茶ですか」

主の庄助が言った。

「はい。二階のお客様に、優曇華餅とお茶をお持ちしようと思いまして。訪れた泊まり客にひとつだけでも、お茶とお出ししてはいかがでしょうか。味見をしてもらうのが、一番だと思います」

「いい考えですね。そうしましょう」

庄助は手早く茶の支度をする。盆に優曇華餅と茶を揃えて、隼之助は階段をあがって行った。

――波留殿があの座敷にいる。

そう思うだけで足が震えた。しかし、ここに来てくれたその勇気に応えたい。震える足を叱りつけるようにして、二階の廊下に立った。今朝は早発ち(はやだ)の客ばかりだったため、残っているのは奥の座敷の客のみ。隼之助は座敷に向かって歩き始める。

とそのとき、奥の座敷の戸が開いた。

中から女が出て来た。

女は右手に短刀を握りしめている。弥一郎と慶次郎の母――北村富子(とみこ)だと気づくのに、少し時を要した。座敷にいるのは波留だと信じていたからである。富子は無言で近づいて来た。

あの夜と同じだった。

厠(かわや)に起きた隼之助を、殺そうとしたあの夜と……。

「おまえたちさえ、いなければ」

富子は呪詛(じゅそ)の言葉を吐いた。それもあの夜と一緒だった。そうだ、あのとき、富子はそう言ったのだ。

――おれの命をやる。その代わり、波留殿を助けてくれ。

隼之助は動かない。首を括(くく)ることまではできなかった。が、今はただ立っているだけで済む。片づくではないか、なにもかも。

「隼之助っ」

だれかが叫びながら階段をのぼって来る。男の声だった。立ちつくしていた隼之助を押しのけた。庇うように前に出る。

富子が体当たりするように短刀を突きたてた。

「………」

父上。

隼之助は、多聞の背中を見つめている。胸から背中までつらぬかれたのだろう、父の背中から血があふれ出した。

追いかけても、追いかけても、追いつけなかった父の背中が眼前に在る。みるまに血で染まっていった。

隼之助の手から落ちた盆が、階段を転げ落ちる。柏の葉を巻いた優曇華餅も、多聞の血にまみれていた。

柏の葉は、ゆずり葉。

若葉が育つのを確かめて、散る。

あとがき

今回は『鬼の舌』を持つ隼之助を真似て、消えてしまった下町の名店話をお届けしたいと思います。場所は墨田区緑町の一角、角にお店を構えていたからなのか、〈かど家〉という屋号の鳥料理店でした。夜は鶏鍋(とりなべ)を中心にしたメニューなのですが、昼間だけランチとしてここは『キジ弁当』なるものを提供してくれたのです。

今でこそ、ふわとろ玉子は珍しくないかもしれません。でも、数十年前の話です。キジの肉だったのかどうか、あるいは鶏肉だったのか。よくわかりませんが、とにかく、ふわっふわのとろっとろ。出汁(だし)を充分にきかせた上品な飽きのこないお味でした。

知人に教えていただいた後、自分へのご褒美(ほうび)としてたまにランチを利用しました。数量限定(三十人前ぐらいだったかしら)で値段は確か千円ぐらいだったと思います。これまた、当時のランチとしてはけっこう良いお値段でしたね。

予約ができましたので、カウンター席が満員のときは、素敵な座敷に通されました。

これがまた、坪庭のある洒落た部屋なのです。いっとき様々な事柄を忘れられるほど独特の雰囲気を持つお店でした。

残念ながら平成三十年（二〇一八）八月三十一日に店仕舞いしたとか。後継者がいなかったのでしょうか。それとも鳥料理だけでは、経営が厳しくなったのか。コロナ前に廃業していたのを知り、少なからず衝撃を受けました。もう一度、食べたかったなぁ。

どんどん老舗が消えていきます。寂しい限りです。

そんな私の気持ちを、隼之助は知っているのでしょう。お店の立て直しをする再生屋を市井で開き、民を助けるべく動いています。鬼役として表の役目を務めながらですから、なかなか大変。四巻目となる『ゆずり葉』は、お恥ずかしい話ですが、ゲラを読みながら泣きました。どのあたりで私が泣いたのか、読みながら探ってみてください。別の意味でも楽しめるかもしれません。

ラストの一行がとても気に入っています。

書き終えたとき、「よし！」と思わずニンマリしました。

タイトルの意味を味わっていただきながら、最終巻に進んでいただければと思います。理想としては、まずは一巻から四巻までお買い求めいただき、五巻が発売される十二月まで読まずに我慢して一気読みをしていただきたいなと……お正月に一気読みも、アリかもしれませんね。

もう最高の楽しみ方になると思います。

自画自賛になりました。自分が書いた小説に涙する不甲斐ない物書きを、どうかあたたかい目で見守ってやってください。

応援、宜しくお願いいたします。

本書は２０１１年10月に刊行された徳間文庫の新装版です。
なお本作品はフィクションであり実在の個人・団体などとは一切関係がありません。

徳間文庫

公儀鬼役御膳帳
ゆずり葉（は）
〈新装版〉

2023年11月15日 初刷

著者 六道（りくどう）慧（けい）
発行者 小宮英行
発行所 株式会社徳間書店
東京都品川区上大崎三－一－一 〒141－8202
目黒セントラルスクエア
電話 編集〇三(五四〇三)四三四九
販売〇四九(二九三)五五二一
振替 〇〇一四〇－〇－四四三九二
印刷 大日本印刷株式会社
製本

ISBN978-4-19-894903-7

徳間文庫の好評既刊

六道慧
公儀鬼役御膳帳
連理の枝

隼之助は、御膳奉行を務める木藤家の次男。今は父・多聞の命で、長屋暮らしをしている。ある日、近所の年寄りに頼まれ、借金を抱えて困窮する蕎麦屋の手伝いをすることとなった。かつて父に同行して知った極上の蕎麦の味を再現することに成功。たまった家賃の取り立てに来た大家を唸らせ、返済を引き延ばすことに成功したまではよかったのだが、その後、辻斬り騒動に巻き込まれ……。

徳間文庫の好評既刊

六道 慧

山同心花見帖

まねきの紅葉

将軍慶喜が大政奉還を奏上、戦の足音が迫る幕末。幕府山同心の佐倉将馬は、慶喜暗殺を試みる毒薬遣いの一味を追い、血風吹き荒れる京に入った。新選組とともに毒薬遣いの者を追いながら、将馬の心は激しく揺れる。かつて兄と慕った坂本龍馬の命が危うい。将馬は、龍馬を京から逃がそうとするが……。幕末スター総出演！　新たな日本と民のために戦う若者たちの姿を描く青嵐小説第三巻！